BESTSELLER

Mathias Malzieu (Montpellier, 1974) es una figura central del rock francés junto a su grupo Dionysos, para el que compone y canta todas sus canciones. Tras escribir el libro de relatos *38 mini westerns* (2003) y la novela *La alargada sombra del amor* (2005), obtuvo un incontestable éxito con su siguiente novela, *La mecánica del corazón* (2007), publicada en veinte países y adaptada al cine en una producción de Luc Besson. Además, Malzieu es autor de las novelas *Metamorfosis en el cielo* (2011), *El beso más pequeño* (2013) y *Una sirena en París* (2019), así como del libro autobiográfico *Diario de un vampiro en pijama* (2016), que obtuvo el Prix Essai France Télévisions y el Grand Prix des Lectrices de Elle. *Una sirena en París* fue llevada al cine en 2020 con dirección de autor.

Biblioteca
MATHIAS MALZIEU

Metamorfosis en el cielo

Traducción de
Sofía Tros de Ilarduya

DEBOLSILLO

Papel certificado por el Forest Stewardship Council®

Título original: *Métamorphose en bord de ciel*

Segunda edición: abril de 2013
Sexta reimpresión: mayo de 2025

© 2010, Éditions Flammarion
© 2010, Mathias Malzieu
© 2011, de la presente edición en castellano para todo el mundo:
Penguin Random House Grupo Editorial, S. A. U.
Travessera de Gràcia, 47-49. 08021 Barcelona
© 2011, Sofía Tros de Ilarduya, por la traducción
Diseño de la cubierta: Penguin Random House Grupo Editorial
Ilustración de la cubierta: © Nicoletta Ceccoli

Penguin Random House Grupo Editorial apoya la protección de la propiedad intelectual. La propiedad intelectual estimula la creatividad, defiende la diversidad en el ámbito de las ideas y el conocimiento, promueve la libre expresión y favorece una cultura viva. Gracias por comprar una edición autorizada de este libro y por respetar las leyes de propiedad intelectual al no reproducir ni distribuir ninguna parte de esta obra por ningún medio sin permiso. Al hacerlo está respaldando a los autores y permitiendo que PRHGE continúe publicando libros para todos los lectores. De conformidad con lo dispuesto en el artículo 67.3 del Real Decreto Ley 24/2021, de 2 de noviembre, PRHGE se reserva expresamente los derechos de reproducción y de uso de esta obra y de todos sus elementos mediante medios de lectura mecánica y otros medios adecuados a tal fin. Diríjase a CEDRO (Centro Español de Derechos Reprográficos, http://www.cedro.org) si necesita reproducir algún fragmento de esta obra.
En caso de necesidad, contacte con: seguridadproductos@penguinrandomhouse.com

Printed in Spain – Impreso en España

ISBN: 978-84-9032-045-7
Depósito legal: B-28.796-2012

Compuesto en La Nueva Edimac, S. L.

Impreso en Arcángel Maggio Europa S. L.

P 3 2 0 4 5 B

*Para ti, Endorfina, que me ayudas
a transformarme en mí mismo*

Los pájaros se entierran en pleno cielo. Incluso la más elegante de las nubes está repleta de sus cuerpecitos yertos.

Se dice que de cada 10.189 gotas de lluvia, 1 sería la lágrima de un pájaro muerto y que de cada 16.474 copos de nieve, 1 el fantasma de un pájaro descolgado de la placenta celeste.

Me llamo Tom «Hematoma» Cloudman. Dicen por ahí que soy el peor especialista de escenas arriesgadas del mundo, lo cual no es del todo falso. Estoy dotado de una torpeza física fuera de lo común. Tengo la extraordinaria capacidad de golpearme cómicamente con las cosas.

La libertad de los pájaros me impresiona, paso horas estudiando su vuelo, quizá los observe demasiado. Ya en el patio del colegio, andaba en patines con la esperanza de volar y de escamotear algunos besos a aquellas mujeres en miniatura que eran bellas pero demasiado mayores para mí. Me caía a menudo y volaba poco, a no ser que fuera en mil pedazos y con mil moratones como resultado. No obstante, a la menor señal de interés por parte de mi «público», me invadía una sensación de invulnerabilidad tan ridícula como agradable. Hice todo lo posible para que esa sensación perdurase: rodar desde el tejado del colegio, encaramarme a un viejo *skate* sacudiendo unas alas de cartón. Intentar alzar el vuelo en una bicicleta (engarcé un parabrisas de dientes rotos). Y eso solo por citar algo. Cuantos más porrazos me daba más famoso me hacía. Algunos me retaban solo para verme salir mal parado. Se reían mucho de mí. Y me di cuenta de que aquello, esa mezcla de emociones y adrenalina que se llama «espectáculo», me encantaba. A veces, me levantaba rodeado de zapatos de charol multicolores. Nunca supe resistirme a las voces de aquellas muñequitas que susurraban «otra vez»... Sin embargo, caerme nunca ha sido un fin en sí mismo. Lo que me resulta interesante es ese breve momento épico e incongruente que precede a la caída: el vuelo.

Conforme pasaban los años, mayor era mi necesidad de escapar de lo habitual, de lo corriente. Mi mente reaccionaba igual que una película fotosensible a la emoción donde el amor y la muerte podían imprimirse en el mismo segundo. Comencé a revelar una auténtica fobia a las situaciones normales. En particular, las comidas largas me provocaban temblores. Olvidaba y perdía las cosas, rompía teléfonos, carteras y tarjetas magnéticas. Lógicamente, esas chiquilladas empezaron a no perdonárseme. Yo perseguía chutes de adrenalina: saltar desde un árbol con un paraguas como único amortiguador, descender un río helado en una lancha pinchada, escalar la chimenea de la chica de la que estaba enamorado. Dejar caer por el conducto de humos la pulsera que le había comprado con el mayor esfuerzo del mundo. Inclinarme demasiado para cogerla y aterrizar en el salón de su casa cubierto de hollín mientras ella celebraba la cena de Nochebuena en familia. Siempre necesitaba más emociones: más alto, más rápido, más lejos, más tiempo. Vivía como una peonza de carne y hueso: solo mantenía el equilibrio en movimiento. Mi comportamiento empezaba a preocupar a mi familia.

Aunque hice cuanto pude por adaptarme, conseguí que me echaran de todas partes. Incluso de la escuela de circo: demasiado torpe. El tribunal apreciaba mi manera de saltar en la cama elástica y no atinar jamás dentro de la red, pero me explicó que un payaso tenía que ser capaz de caerse centenares de veces sin hacerse daño, lo cual no era en absoluto mi caso.

Debía encontrar un modo de integrarme y de ganarme un poco la vida. Entonces tuve una idea. ¿Por qué no montar un espectáculo de artes populares y escenas de riesgo fallidas? Podía contar historias, tocar la armónica, saltar, cantar, quizá volar, con toda seguridad caerme. Y hacerlo todo con espíritu solidario. Tenía que marcharme. Ya.

Decidí emprender camino a los pocos segundos de haber pensado en ello, fue una decisión impulsiva pero firme. Cogí una vieja tienda de campaña, un saco de dormir y el abanico de todas las posibilidades que tenía por delante, todo amontonado en una mochila demasiado pequeña, y me fui. Nunca me había sentido tan ligero.

El viento helado hacía brillar las luces de Navidad, las estrellas parecían más cercanas de lo habitual. Un olor a creps se escapaba de una casa, éxtasis supremo… Yo ya me veía descubriendo parajes inexistentes, aprendiendo todas las lenguas e inventando otras nuevas. Sin embargo, en mi primer intento de marcharme de la ciudad me di de bruces con una dirección prohibida. La muy bribona se ocultaba tras su sombra a la salida del pueblo. Boxeó contra mi arco supraciliar con toda su potencia metálica. La vuelta al mundo en ochenta segundos. Temblé como un cascabel. Solo deseaba un buen baño y una aspirina gigante. Vuelta a la casilla de salida.

Me di cuenta de que esa primera marcha fallida me permitió reflexionar sobre mis veleidades de fuga. Necesitaba un vehículo, un caparazón en el que cobijarme con mayor facilidad. Un coche hubiera sido demasiado peligroso. El auto loco de fabricación casera que utilizaba para bajar a toda prisa la urbanización, demasiado frágil. De esta manera nació la idea de un ataúd con ruedas.

Dediqué los meses siguientes a la preparación de mi nave. Contrachapado de madera barnizada por fuera; ropa de cama y cojines por dentro, bien confortable. Un estante pequeñito en el que dejar un libro de bolsillo y un paquete de galletas y contra el que chocar con la cabeza; agujeros de ventilación en el techo, como los de las cajas para animales domésticos. Ruedas de BMX, piñón de bicicleta de carreras de diez velocidades en la parte delantera del aparato, sillín mullido y manillar ancho. Después de muchos ensayos terriblemente desalentadores, en la primavera siguiente el aparato estaba listo al fin: rutilante, adornado con unas pegatinas de los Pixies y unas nubes bastante mal pintadas.

Había llegado el gran momento de la marcha. Me alejé de la salida del pueblo y cuando pasé ante el cartel que indica la siguiente aldea, un escalofrío me recorrió la columna vertebral. Podía detenerme para dormir en cualquier lugar, incluso en un cementerio.

Mi ataúd rodante se reveló como un auténtico imán para los curiosos. Hasta los viejos que decoran los bancos públicos me prestaban atención. Normalmente, aparcaba bajo un árbol platanero y tocaba un rato la armónica, oculto en mi habitáculo. Cuando el murmullo ambiental me indicaba la presencia de una audiencia suficiente comenzaba el espectáculo: brincaba al tiempo que escupía confetis. Improvisaba en torno a la muerte de Papá Noel mientras me marcaba unos pasos de claqué al ritmo de una canción de Johnny Cash. A continuación, trepaba a lo primero que encontrase: un árbol, el capó de un coche, una marquesina; desplegaba mis alas de cartón y aseguraba que podía volar. Me caía, me hacía más o menos daño y terminaba el espectáculo tumbado en mi ataúd rodante. Jamás me presentaba ante el público sin mi máscara de El Zorro. Di con ella en una vieja tienda. La máscara me permitía vencer mis inhibiciones y conservar parte de un misterio algo rancio. Ni siquiera me la quitaba cuando daba un beso.

Y así, presentando mi espectáculo de aldea en aldea, mi fama comenzaba a precederme. Aumentaba la afluencia de curiosos que me llevaban comida, apósitos y hasta libros. Me había impuesto una regla: nunca me quedaría más de veinticuatro horas en el mismo sitio. Pasaba las noches cerca del lugar del espectáculo y en cuanto amanecía reanudaba el camino. Podía suceder que el cansancio y las malas caídas me dejaran postrado en el ataúd unas cuantas horas más, pero yo me aferraba a mi impulso. El flujo de libertad que corría por mis venas me hacía feliz. Mi mente parecía rejuvenecer cada día. Mi cuerpo, por su parte, envejecía a toda velocidad. Para satisfacer a mi público probaba con escenas cada vez más arriesgadas. Bien pensado, qué cosa tan extraña eso de alimentar el alma con el ruido de unas cuantas manos entrechocando. La gente me advertía, de un modo más o menos cariñoso, que corría el riesgo de no aguantar mucho tiempo ese ritmo. La lista de heridas y conmociones diversas se alargaba día a día, y mi espalda crujía como una tabla vieja y podrida.

No obstante, no me cansaba de los atajos, campos magnéticos, ni de otros campos que se entristecían al verme chocar contra los árboles. Mi cerebro es un disco duro lleno de crepúsculos disfrazados de auroras boreales, de zorros que cruzan la carretera como cohetes rojizos. Aquel modo de vida era una máquina de producir sorpresas. Caracoles pegados a la almohada, erizos escondidos dentro de mi cama, o aquella chica de aspecto gótico que quería dormir en mi ataúd. Y yo que le digo que por desgracia ahí dentro no hay sitio para dos. Y ella que va y me suelta que no tiene intención de dormir allí conmigo.

Y aquel nido de canarios rojos, que apareció una madrugada meticulosamente posado sobre mi cama. Alguno de los pajaritos murió mientras yo dormía, pero me quedé con los siete que se salvaron. Debí de ser lo primero que vieron. Y en cierto modo me convertí en su padre. Los llamé a todos Michel Platini. Es una buena cosa tener muchos Platini para formar un equipo. Muy pronto, los pajaritos participaron en el espectáculo. Siempre tenía alguno dentro de la manga. Los canarios daban amplitud a mis gestos y se posaban sobre mis hombros cuando me desplomaba lamentablemente. Estudiaba el movimiento de sus alas, sus trayectorias. Me inspiraba en ellos. Día a día se agudizaba mi atracción por el cielo. La bóveda celeste me hipnotizaba; habría devorado las nubes.

Durante la época en la que viajé en el ataúd rodante, me enamoré de los libros. A una parejita que acababa de regalarme uno, le expliqué cuánto me emocionaba ese reparto de imaginario íntimo.

Cada vez me obsequiaban con más. Ante la falta de espacio y como no podía tomar la determinación de abandonarlos, decidí dejarlos a merced del destino. En el momento en que terminaba un libro, escribía mi opinión sobre él en la página en blanco que aparece al final del texto, precedida de la siguiente nota: «Si encuentra usted este libro, léalo; cuando lo termine, escriba sus impresiones, la fecha y el lugar donde lo halló, y déjelo bien a la vista en algún sitio de paso». Algunos de esos libros cogieron el tren, otros se empaparon con la lluvia. Algunos se perdieron durante mucho tiempo y otros vivieron una historia de amor con un bolso. Incluso uno de ellos volvió a mis manos con siete anotaciones.

En lo sucesivo surqué la carretera tan raudo y veloz que no tuve tiempo de verme envejecer. Pero llegó un momento en que mi cuerpo empezó a quejarse, a reclamar una deuda. El sindicato de músculos paralizados se manifestó. Al principio de una manera silenciosa, luego los huesos empezaron a crujir. Y mis nervios se tensaron tanto que perdí el sueño. Comprendí demasiado tarde que habría debido aprender a amortiguar mis caídas, también las involuntarias… Era consciente de que no podía seguir así pero no podía evitarlo. En cada espectáculo quería morir y renacer, ¡una cuestión de coraje! Por mucho que se activaran las alarmas, cantaba con todas mis fuerzas para no oírlas y proporcionarme el valor para arañar unos segundos más de eternidad.

Cuando llegó el invierno, la logística se complicó. El frío hacía más dolorosas las caídas. El público escaseaba. Empecé a multiplicar las escenas peligrosas al margen del espectáculo. Un día, derrapé en una curva e hice añicos el escaparate de una panadería-pastelería. Unos niños lo aprovecharon para escapar con unos pasteles de chocolate y todo el pueblo creyó que lo había hecho aposta. Después de haber arrancado accidentalmente muchos buzones, retrovisores y otros portones inocentes, tuve que iniciarme en el arte de la fuga.

Hasta que me atraparon... Fue al día siguiente de una escena particularmente espantosa. Subía con esfuerzo por un repecho bajo un aguacero. El hielo enceraba el asfalto. Las piernas empezaron a ponérseme rígidas y noté que mi nave se iba hacia atrás. El ataúd comenzó a coger velocidad. Me vi en medio de la carretera, incapaz de dominar la situación. Ruido de motor. Claxon. Explosión de chapa y contrachapado marino. Claxon. Olor a gasolina. Claxon. Vuelo de los Michel Platini. Claxon.

Abro los ojos. El mundo ha cambiado. Un olor a sopa de cantina y a éter sustituye a los aromas del otoño. El asfalto se ha convertido en linóleo. Y mi formidable ataúd, en una simple cama. Parece que los Michel Platini han desaparecido y también los colores. Aquí, todo es beige y gris ajado y al fondo veo un ventanal austero. Cada paso en el linóleo hace el mismo ruido que cuando se arranca una tirita. Las personas se aburren, lloran, gritan. Sus familiares les traen flores y una sonrisa cosida en el rostro; se las apañan para que las lágrimas se derramen por debajo de sus órbitas. Hay batas blancas que con gestos mecánicos se aparecen por todas partes. Bienvenido al servicio de oncología.

La doctora que acaba de desencadenar una tormenta de yunques en mi cabeza me recuerda a mi antigua y sexy profesora de matemáticas. Aquella mujer tenía la misma cara de pena cuando me devolvía los deberes enrojecidos de correcciones. Yo notaba que me tenía cierta simpatía, pero no podía hacer nada por mí.

Ahora, el problema es simple. Incluso el alumno travieso que siempre he sido, el que se sentaba junto al radiador, lo ha comprendido de inmediato: no estoy aquí por una costilla rota, sino porque un tumor se ha clavado en mi columna vertebral. Esa gorda remolacha ha crecido sin que yo sintiera nada. Acaban de depositar entre mis manos el reloj de arena del tiempo que me queda por vivir. Un dedal. Solo un maldito dedal.

Un avión enloquecido me atraviesa la cabeza en silencio, luego otro, mi cerebro explota con suavidad. La enfermera que me acompaña a radiología no se atreve a retirarlos, por miedo a que me desangre. La gente me mira recorrer el pasillo con mi pinta de Torre Gemela. Un frasco de alcohol de 90 grados domina sobre un carrito; bien a gusto me lo bebería de un trago. Una sensación de vértigo me abrasa los párpados.

¡Ay, cuánto me gustaría poder tener una rabieta como cuando era pequeño! En el momento en que el aburrimiento asomaba su nariz de vieja tortuga amante del sudoku, yo me convertía instantáneamente en molino, viento que ruge o trueno.

Ahora, daría cualquier cosa por despegar, aun a riesgo de romperme una o las dos piernas. E. T., ya entiendo por qué huiste en bici por el cielo. Yo en tu lugar habría seguido pedaleando hasta Plutón sin dar la vuelta.

Las seis de la mañana. El director de orquesta de los interruptores hace crujir los fluorescentes y el hospital se enciende como un sol eléctrico. Es entonces cuando empieza el gran desfile de Ginger Rogers vestidas con bata blanca y zapatos de claqué de plástico. Esas mujeres nos despiertan al alba, por si hubiéramos olvidado por qué estamos encadenados a una cama el día entero. Tengo que evadirme mientras aún esté a tiempo. La inmovilidad siempre me ha producido pánico. Solo sé avanzar, caer y volver a levantarme. Si me obligan a aminorar la marcha me ahogaré. Necesito mi dosis de cielo, no puedo respirar correctamente si no inhalo aunque solo sea un poco de aire fresco. Las ventanas de las habitaciones aquí no pueden abrirse. Hasta la luz parece cansada de atravesarlas. Desde los televisores las risas enlatadas resuenan por los pasillos. Eso me produce ganas de llorar. Deberían organizar un gran concurso de lanzamiento de televisores contra las ventanas. Sería una actividad. ¡No puedo pasarme todo el día con un pijama de aprendiz de cadáver! Los esparadrapos que me sujetan los tubos a la piel me tiran de los pelos, como para que me acostumbre a limitar la amplitud de mis movimientos.

Tengo miedo. Un miedo laxo, que se me pega a la mente. Esto no tiene nada que ver con lo que sentía antes de las escenas de riesgo. Me gustaría hibernar y despertarme curado. Esa idea me reconforta unos instantes. Luego la realidad vuelve a asomar a la superficie.

Estoy acorralado. Por más que intente convencerme de lo contrario, soy consciente de que ya no puedo abandonar el hospital. Aunque los Michel Platini vinieran a chocar contra la ventana, no tendría fuerza para seguirlos. La Remolacha que crece dentro de mí pesa ya demasiado, y si emprendiera el camino sin que me la tratasen, no tardaría en aniquilarme. Pero si me quedo aquí me volveré loco. Los días y las noches amontonan el vacío dentro de mi cabeza. Mi mente hace sus cajas como si se dispusiera a mudarse. A veces, a la tarde, doy un paseo por el jardín. Abrazo los árboles e intento leer un poco. Busco estímulos, pero la Remolacha ha instalado un perímetro de seguridad alrededor de mis sueños, como si fuera la escena de un crimen. No se me permite acceder a ellos.

—¿Cómo se encuentra, señor Cloudman? —pregunta la doctora que acaba de entrar en mi habitación con los bolis enganchados junto a su corazón.

—Podría estar peor.

—Hay que intentar animarse. Con buen ánimo se lucha mejor contra la enfermedad, eso no es ninguna bagatela. ¿Sabe que en nuestro servicio de oncología está ingresado uno de sus mayores admiradores?

—¿Un admirador?

—Se llama Victor, tiene ocho años y asistió a una de sus actuaciones en su pueblo. Lo reconoció en el jardín.

—¿Por qué está aquí?

—Tiene leucemia...

Y sin tránsito, la doctora se lanza a una compleja explicación sobre el plan de ataque para acabar con la Remolacha. La escucho a medias y la miro marcharse para acabar la ronda de los pacientes.

Si a la edad de ese niño yo hubiera sabido que tenía que vivir en un hospital, me habría muerto inmediatamente. Electrocutado por el aburrimiento, la primera noche. Yo he tenido tiempo para las primaveras fogosas y para quemarme al sol. Se me ha permitido cultivar un poco mis sueños al aire libre. Victor debe hacer que los suyos crezcan a la luz de los fluorescentes.

Sé con cuánta rapidez la Remolacha puede dispersar las fantasías hacia los rincones más recónditos del cerebro. ¡No puedo dejarme engullir así! Está decidido, voy a reconquistar el servicio de oncología. Me convertiré en lo que siempre he sido. Voy a regatear esa maldita Remolacha como Platini. ¡Abrir de nuevo el abanico de las posibilidades, bailar para siempre, volar, aunque sea un poco, aunque sea mal! Prepárense, ¡Tom «Hematoma» Cloudman ha vuelto!

En cuclillas sobre la cama, escudriño la luna que camuflada ampara los bosques de edificios. A lo lejos, oigo respirar la autovía; sus canciones de fanfarria de elefantes desafinada me estimulan.

El «clic» del catéter cuando lo desconecto me da una sensación de libertad maravillosa. Liberado de mis cadenas de plástico, empiezo a destripar mis almohadas. El ruido del tejido al desgarrarse es delicioso. Las plumas se escurren entre mis dedos. A continuación, desmonto la estructura metálica del gotero para hacerme con las ramas más finas. Retorciéndolas un poco, consigo los armazones para mis alas. Después de haber pegado las plumas en las varillas de metal, las sujeto con esparadrapo a los brazos, evitando las zonas demasiado peludas. Última fase: pegar los armazones en la columna vertebral. Duplicar, triplicar los esparadrapos para que alas y cuerpo permanezcan unidos. El contacto con el metal frío me produce un escalofrío entre los riñones. Una magia singular se desgaja de ese ritual. Me gusta tocar mi plumaje, observar cómo captura la luz. Pero necesito más plumas, muchas más plumas.

Decido ir a la conquista de otras almohadas. En silencio, abro la puerta de mi habitación. Sin el gotero me he vuelto casi invisible. Deambulo por el servicio de oncología batiendo las alas a cámara lenta, gozando de mi propio molino de viento. Una vez familiarizado con el traje de gorrión, cojo impulso y de un salto brutal subo a un carrito de comidas. El carro da vueltas acompañado de un crujido de vasitos de poliestireno y yo siento unas ligeras ganas de vomitar. La Remolacha recuerda a mi cuerpo hasta qué punto estoy a su merced.

El carrito se estabiliza delante de una habitación con el arriesgado aplomo de una ruleta de casino. La puerta está entreabierta, observo a dos viejecitos roncando, que exhiben una fascinante ciencia del ritmo. Cuando el estómago de uno se infla, el del otro se desinfla. Parecen dos contrabajos sonando alternativamente. La perfusión de sus goteros marca el tempo, el «bip» de la máquina de morfina toca el diapasón. Uno de ellos tose esporádicamente y emite un ruido como el de una caja de clavos; sin embargo, parecen extrañamente felices. Tan felices que bien les mangaría las almohadas, ¡toma ya! Me acerco envuelto en el inquietante silencio de las luces de emergencia. Cuando era especialista, funcionaba únicamente con esa mezcla dopante de angustia, excitación y emoción. Desgarro cada almohada con un golpe seco antes de abrir más la herida para dejar que el tesoro de plumas se desparrame. Oculto el botín debajo del pijama, que nunca ha estado tan mullido. Los ogros roncadores balancean la cabeza, apaciblemente.

Cuando lanzo de nuevo el carrito para continuar con la visita por la galería de los monstruos dormidos, un dolor repentino se despierta. Me recorre el riñón izquierdo, pasa por el abdomen y me retuerce el estómago. Espero a que el carrito se detenga completamente y a duras penas bajo de él para regresar a mi habitación, doblado en dos. Las alas chocan con las esquinas de la puerta y se dislocan en mi espalda ocasionándome una depilación gratuita de los trapecios. Las recojo con la misma desesperación avergonzada de quien ha pisado su castillo de arena.

Se anuncia el amanecer y yo intento esconder mi tesoro entre el somier y el colchón con la sensación de estar «acompañado». Quizá por el fantasma de un muerto reciente aquejado de nostalgia. Si me convierto en uno de ellos, haré el idiota en las nubes o me bañaré en las avalanchas. ¡Pero de ninguna manera me quedaré en esta antesala de la muerte! Mientras tanto, no me atrevo a llamar a una enfermera para que me conecte otra vez el catéter.

Todas las mañanas, apoyo el cráneo sobre la almohada destripada. Deslizo las manos bajo la nuca para levantar la cabeza y espero la sentencia, tranquilamente. El volumen sonoro de los pasos de plástico aumenta. Dos habitaciones más y será mi turno.

El menú incluye inyecciones y el desayuno consiste en una rebanada de pan tan seco como para partirse los dientes. De postre, una variedad de píldoras amargas.

−¡Otra vez ha estado haciendo el tonto con la almohada! Hemos encontrado plumas por todo el pasillo, y ¿sabe adónde conducen? −me pregunta mi enfermera preferida, mientras expulsa el aire de la jeringa.

−¿No? Dígame adónde conducen las plumas...

−¡Las plumas nos conducen aquí! Esto no puede seguir así eternamente. Voy a tener que hablar con la doctora Cuervo. A su edad, ¡ya no está para jugar a Pulgarcito!

La enfermera farfulla el enésimo sermón de institutriz rancia mientras seca la gota de sangre que perla el hueco de mi brazo. Quizá tema que la doctora sexy o no sé quién la regañe. Toda la vida he intentado escapar a la imposición de estas pequeñas mezquindades, y aquí estoy, de vuelta en la casilla de salida, con clones en bata blanca llevando la batuta en mi habitación. ¿Se estará vengando mi cuerpo de los riesgos que le he hecho correr sin siquiera haber logrado alzarlo más allá de la trayectoria de un avión de papel?

Media hora más tarde, los efectos de la inyección me vencen, los nervios ceden y los párpados cesan su actividad. La reconversión de un ser humano en robot de hospital es increíblemente rápida. En primer lugar cambian tus andares, por el gotero y el pijama. Luego la cama te engulle como una planta carnívora. Muy pronto, cualquier sensación de sol o de viento desaparece y empieza a llover en el interior de tu cabeza. Te olvidas de reír, de caminar. E incluso si pruebas con los sueños, el dolor y sus escoltas medicamentosos se encargarán de recordarte lo muy enfermo que estás.

No obstante, lo peor es despertarse en pleno día en un cementerio de vivos. Nadie lee, todo el mundo bosteza delante de la tele. Es la época de las horas fofas, de los relojes flácidos al estilo Dalí. Los minutos se disfrazan de horas. Veo cómo lo hacen. Mi habitación es un horrible torno y las paredes se estrechan un poco más cada día. Unas jeringas crecen en el techo y me orinan éter en los ojos. Me ahogaré entre las sábanas. Convertirse en una sirena con pijama. Una sirena que ni siquiera sabe nadar.

Una enfermera me planta el periódico local del día delante de las narices al mismo tiempo que la bandeja de comida. El diario está abierto por la página de sucesos. En medio de la sección de noticias breves, una notita me llama la atención:

¿ESTAMOS ANTE EL FINAL
DE LA HUIDA DE TOM CLOUDMAN?

Tom «Hematoma» Cloudman podría haber interpretado su última escena de riesgo. El gran especialista de la acrobacia fallida, al que la policía local busca por haber destrozado numerosos vallados de jardines y los escaparates de algunas tiendas con su incontrolable volquete, lleva desaparecido varias semanas. Los restos de su «vehículo» se encontraron en el arcén de una carretera. Él podría estar hospitalizado en estado grave. Hay quien afirma que Tom Cloudman habría escenificado el accidente para abandonar el país. «En estos momentos, actúa en el extranjero y está en plena forma», sostienen algunas personas. Puesto que Tom Cloudman aparecía sistemáticamente enmascarado y nunca reveló su auténtica identidad, nadie está en condiciones de saber dónde se encuentra el peor especialista del mundo.

—¿No será usted este Tom Cloudman? —me pregunta la enfermera.
—Mucho me temo que sí...
—En ese caso... ¡tengo la exclusiva! Cobraremos por las visitas —dice, con esa amabilidad algo rancia, típica de las vecinas ancianas expertas en comentarios sobre el tiempo.

Yo no estoy seguro de que me apetezca que la gente me vea con el pijama del hospital. Ya es hora de que acabe de emplumar mi traje de pájaro.

Me he visto obligado a perfeccionar mi técnica de pillaje de plumas: dejaba demasiadas tiradas por los pasillos. Ahora voy de caza armado con las fundas de mis almohadas vacías, y las relleno frenéticamente. Aprendo a caminar sin hacer ruido, como si estuviera subido en unas almohadillas. Tengo localizadas las puertas que chirrían y a los enfermos de sueño ligero. Eso no evita que, de vez en cuando, me tropiece con una tele o con un catéter mal situado. De vuelta en mi habitación, me dedico a pegar las plumas una a una con esparadrapo. Me deleito con este juego de reconstrucción. Pronto las alas empezarán a parecer alas. Incluso podré ir a visitar al famoso Victor.

Una madrugada, cuando regreso a mi prisión guateada, me encuentro dos almohadas cuidadosamente colocadas encima de mi cama. Son grandes y mullidas, y al trasluz se ve que están rellenas de plumas rojas. Apoyo en ellas la cabeza con tanto cuidado como lo haría con un huevo en un nido de garcetas. Me acurruco todo contento en mis propios brazos. Intento imaginar quién podría ser tan bondadoso como para ocuparse de cambiar mis almohadas en plena noche. ¿Será alguien que me haya identificado por el artículo del periódico? Mi cuerpo se relaja y deja que mi mente vague entre preciosas quimeras.

Me resulta imposible decidirme a destripar ese nido de lujo. Pero necesito más plumas. La música fría de las máquinas para seguir vivo resuena por el pasillo del hospital. Observo las alas y no puedo dejar de imaginarlas cubiertas por ese misterioso plumón de color carmín. Al final, destripo las almohadas. Tesoros de dulzura sedosa con los que me apresuro a decorar mis alas ahora bicolores. Mi reflejo en la ventana mejora. Agito las alas y estas me regalan un susurro mucho más delicado que el de ayer. Decido ir otra vez a robar al pasillo. Creo que aún me quedan algunos minutos antes de la hora fatídica. Caminando de puntillas, abro la puerta. La penumbra se embellece de reflejos caleidoscópicos. Tendría que haber apuntado el número de las habitaciones que he asaltado esta noche, ya no sé por cuál decidirme para mi siguiente ratería. Contengo el aliento y me dirijo hacia el extremo del pasillo. Generalmente, no me aventuro hasta allí. Tengo la impresión de que alguien me espía.

—¡Buenos días! —me suelta una voz aflautada.

Doy un respingo, me vuelvo y descubro a un hombrecito de unos diez años encaramado a un carrito de comidas. Su cabeza rapada, sus ojos nubes y las migajas de su sonrisa son como las brasas de una luna a la que se obliga a madrugar mucho.

—Buenos días... —le respondo, perplejo.

—Anoche ya le vi pasar por el pasillo con las alas. ¿Es usted Tom Cloudman, el superhéroe?

—Pues..., cómo te explicaría...

El chico se pone un dedo en la boca, sacude la cabeza de huevo de Pascua y susurra:

—Yo soy Victor y sé guardar un secreto. ¡No se lo diré a nadie!

—Gracias, amigo. Muchas gracias.

—¿Está herido? Cualquiera diría que alguien le ha roído las alas. ¡Y que a usted también lo han encogido!

—¡Eh..., sí! El monstruo hortaliza. Es enorme y muy poderoso; su secreto consiste en ahogar a las personas en una sopa fibrosa, ¡una sopa de puerros!

—No me gustaría morir en una sopa... Comerlas ya me horroriza...

—No te preocupes, amigo. No lo permitiré.

El niño luna no parece del todo convencido.

—Tengo que regresar a mi escondite, pero podríamos vernos mañana, pongamos...

—¿A las diez de la noche, cuando ya solo estén encendidas las luces de emergencia?

—Así quedamos.

—¡Estupendo!

El niño me tiende su mano minúscula. La estrecho como la de un viejo amigo.

—Hasta mañana. Hasta mañana, Megatom Cloudman —susurra, al tiempo que salta del carrito de comidas.

Los numerosos tubos de sus perfusiones rebotan en el linóleo igual que los tentáculos de un pulpo de caucho.

Vuelvo a la cama y pienso en Victor, en su pijama demasiado grande alrededor de ese cuerpo de niño girando a cámara lenta, en sus hoyuelos de dibujo animado. Viéndolo pasear por los pasillos en plena noche, es a él a quien debería considerarse un superhéroe.

—Buenos días —dice la enfermera con un tono estrictamente igual al de ayer y al de mañana.

—Buenos días.

—Se le ve muy sonriente tan temprano y no hay ni una pluma por el suelo, está usted mejorando —dice mientras prepara la enésima inyección—. Señor Mac-Murphy, deme su brazo, por favor...

—¡Cloudman!

—¡Tiene el catéter desconectado! ¿Qué porras ha estado haciendo otra vez?

—Unas alas.

La enfermera apoya sus dedos con las uñas mal pintadas en mi hombro izquierdo, y al tocar descubre la estructura metálica debajo de mi pijama. Me pide que me la quite. Obedezco, y me encuentro frente a ella con el torso desnudo y unas alas que sobresalen en mi espalda.

—¿Usted sabe a qué se expone cuando interrumpe el tratamiento así? —dice visiblemente enfadada.

—Sí.

—¡Deme eso! Y le ruego que vuelva a conectar el catéter inmediatamente.

—Sé desconectarlo, pero no consigo volver a colocarlo.

—¡Bueno, escuche, ya está bien, voy a llamar a la doctora Cuervo!

Unos minutos después, oigo un galope de cascos por el pasillo. Dado que los caballos escasean en este hospital, supongo que me toca someterme a un breve juicio.

Son cuatro. La doctora va en cabeza. Agazapada detrás, mi enfermera y su cerebro de adulta incompatible con el mío. A los lados, dos auxiliares con bata azul. Los dos últimos se acercan a mí; el primero me inmoviliza en la cama con fuerza suficiente para que me sienta humillado; el segundo me despega las alas con un golpe seco. Los esparadrapos arrancan justo el número exacto de pelos para poner en funcionamiento el mecanismo de mi rabia más oscura. Sus miradas, y sobre todo el modo en el que rompen las alas para que quepan en el cubo de la basura, aceleran el seísmo que sacude mi cabeza. Oigo retorcerse el esqueleto metálico de mis oriflamas. La energía que proporciona la rabia me reconecta con intensas sensaciones de vida. Podría hacer añicos la pared a puñetazos, inventar una ventana, y caminar por las nubes mirando al horizonte a los ojos.

—Estese quieto, señor MacMurphy. Por favor, tranquilícese... —dice la doctora con suavidad.

—¡Cloudman!

—No puede desconectar la perfusión. Su contenido es fundamental para mantenerlo con vida, es lo que le regenera la sangre.

Se vuelve hacia sus acólitos y les indica con un gesto que salgan de la habitación.

—Solo intento darle un poco de sentido al tiempo que me queda —le digo, una vez que se han marchado los acompañantes.

—Con ese comportamiento no se respeta a sí mismo, y tampoco respeta a quienes lo cuidan. Escúcheme, señor Cloudman. Soy oncóloga, he visto a personas reponerse de estados peores que el suyo. No subestime el potencial de estos tratamientos. No permitiré que eche al traste sus posibilidades de recuperación.

Sus puños cerrados deforman los bolsillos de la bata.

—Cuento con usted —dice mientras sale de la habitación.

La legumoide gana poder, ha pirateado el código de mi sistema respiratorio. En el momento en que hago un esfuerzo físico, aunque sea mínimo, me sofoco como un anciano. He adelgazado, pero me siento obeso. El tiempo frena y acelera simultáneamente, me produce vértigo. Por suerte, los calmantes me permiten encontrar la salida del laberinto de los insomnios…, a veces.

Esta mañana, una cosita de papel rojo atrajo mi mirada. Un sobre, tan incongruente como una rosa que crece en una banquisa. Lo abrí con la punta de los dedos. Luego, en un ataque de impaciencia, acabé despedazándolo para liberar su contenido y por desgracia lo destrocé. Una fotografía. Una vez reconstruida, se ve en ella a un hombre con la cabeza de pájaro y unas alas en la espalda. Las plumas, del mismo color bermellón que el sobre, contrastan con el negro brillante del traje. Unas nubes flotan a su alrededor y suavizan la imagen. ¿Quién me habrá enviado esto?

Herido en mi amor propio, cogí las alas del cubo de la basura y quité las jeringuillas enganchadas en las plumas. Pensé que podría haberles infligido un tratamiento idéntico al fallar en una de mis escenas de riesgo. Creo que las prefiero tal como están ahora.

El gotero complica mi tarea de latrocinio, pero voy con él a todas partes. Cuando no me enredo los pies en los tubos, doy con la estructura metálica en las puertas. Cada vez más a menudo despierto a mis víctimas. Estas gritan y encienden la luz, y eso amotina a las enfermeras. He terminado por entablar amistad con los ogros de la 312. Con la luz encendida, están tan blancos que se les confunde con las sábanas.

—¿Qué coño haces aquí con ese disfraz? —me preguntó el mayor de los dos, cuando intentaba en vano deshacer los nudos de nuestras respectivas perfusiones.

Me excusé por haberlos despertado y les expliqué por qué me interesaban sus plumas. Los ancianos mascullaron cansados en sus barbas de Papá Noel y me permitieron largarme con el contenido de sus almohadas. Desde entonces, todas las noches dejan unas cuantas plumas a los pies de la cama. Ya no necesito interrumpir el concierto de ronquidos.

Únicamente me desconecto cuando voy a reunirme con el niño luna. Hago juegos de ilusionismo para él y me invento historias que nos hacen soñar a los dos.

Anoche, le dije que planeaba robar las almohadas de los hoteles de lujo de Suiza. Hoy, él me ha hecho partícipe de su plan, que consiste en hacerse el muerto y escapar conmigo en mi ataúd rodante. Engancharemos una traílla de perros de trineo para huir, ¡y los tesoros helvéticos serán nuestros!

Aprender a morir en primavera tiene ventajas e inconvenientes. El aire tibio que acaricia mi pijama de papel cuando se me concede un paseíto por el jardín me produce una sensación de estropicio extraordinaria. Después de un cuarto de hora caminando, hasta la más benevolente de las brisas entorpece mis pasos. Acomodo mi cuerpo en un banco. Es el final del día. Los demás aprendices de cadáveres ya han subido para entrenarse a palmar en sus camas. Yo voy a hacer lo mismo. Un último vistazo al cielo despejado y entro.

En ese momento, una pluma roja cae junto a mis pies. La cojo entre los dedos: esa pluma es sin la menor sombra de duda hermana de las de mis almohadas. Otra se posa en mi cabeza. Alzo la mirada y descubro una lluvia de plumón rojo que se derrama sobre el jardín, a cámara lenta. Los colores ocres del crepúsculo combinan con ella, cualquiera diría que el cielo estuviera sangrando. No hay posibilidad de error, ese dulce cataclismo procede del tejado del hospital. ¿Estarán destripando bandadas de pájaros allá arriba? ¿Qué ocurre en ese tejado? ¿Será la puerta de entrada al cielo? Esta noche, iré a explorarlo.

La noche se infla detrás de las ventanas de mi habitación. El «clic» del catéter al desconectarse hace que me suba un escalofrío entre los omóplatos. «Clic», ese acelerador de la muerte me ofrece un soplo de libertad. Curiosamente, con la Dama de la Guadaña y su carrusel de sombras acercándose, se ve mejor la vida. Debería hacer caso a la dulce doctora y quedarme prudentemente en la cama, atado en corto a la perfusión. Algo en mí me dice que tiene razón. Pero soy muy consciente de que los granos de mi reloj de arena caen cada vez más deprisa. Lo siento en cada uno de mis gestos.

Así pues, con mi pinta de fantasma mal planchado me dispongo a flotar hasta la escalera de incendios. El ruido del ascensor habría sido demasiado sospechoso, así que me preparo para una ascensión a la antigua usanza. Tengo que subir cuatro pisos para alcanzar la cumbre y sus misterios de color carmín. Un enrabietado viento mistral hace que las sombras de los pinos se estrellen contra las ventanas, como si quisiera disuadirme de seguir escalando. Cada paso produce un chirrido en los peldaños de madera de la escalera de caracol. La noche me aprieta el pijama con sus dedos helados. Me acerco a la última etapa, una escala metálica como las de los bordes de las piscinas. Habría preferido un trampolín para lanzarme directamente al cielo: un antiguo reflejo. Levanto la pesada trampilla, que cruje con un sonido lúgubre, y subo al tejado. No puedo creer lo que veo.

¡Una pajarera gigante! Un auténtico palacio de plumas construido en el mismísimo firmamento. Desde el suelo hasta el cielo, todo está tapizado de un plumón color escarlata. En el centro domina una inmensa jaula con un número increíble de alcobas en las que anidan un montón de jilgueros, pardillos sizerín y otros pájaros rutilantes, que duermen con el pico entre las plumas. Todos los matices del rojo abrasan la oscuridad. Me acerco. Mis pies se hunden en la deliciosa alfombra. Cada paso es una caricia. Una ráfaga de aire vuelve del revés mis alas como si fueran un paraguas viejo. Casi pierdo el equilibrio, pero estoy demasiado fascinado para asustarme. Un haz de luz se escapa. Mi corazón no late, baila. Me acerco aún más. Dos extraños pájaros lanudos muy grandes están posados en el tejado de la pajarera; dos juguetes mecánicos entre pájaros de verdad. Cuando llego al umbral de la puerta, despliegan sus enormes alas con un sonido como el de un barrilete de reloj. Me quedo quieto unos segundos. Resulta divertido y espantoso a la vez. Los cuervos artificiales han despertado a los auténticos pájaros y estos también despliegan las alas, abren los ojos del tamaño de la cabeza de un alfiler y empiezan a orquestar los trinos brutalmente. Despegan y a toda velocidad forman una patrulla que se arremolina encima de mi cabeza. Los cantos dan paso a unos gritos estridentes. El estrépito de barrilete se acelera, los pájaros vivos me rozan. Uno de ellos me da un picotazo en la cabeza. ¡También aquí me van a poner inyecciones! Intento retroceder pero pierdo el equilibrio y me doy de narices con el vacío. Distingo las marcas blancas del aparcamiento. Las inyecciones de picotazos aumentan. Mi pie derecho resbala por el caballete del tejado y el izquierdo se apoya en el vacío. Aleteo los brazos como si tuviera alas de verdad, en vano. Voy a caerme.

En ese instante siento la presión de una mano de extraña suavidad en el brazo y luego de otra en el hombro. Las manos tiran de mí hacia el tejado. Me tumbo sobre la hierba de plumón sin aliento.

—¿Sabe usted que no es muy prudente pasear por aquí?

Esa voz de acústica sintética la emite una silueta cubierta de plumas. No consigo distinguirla en la oscuridad. Huele bien, a una mezcla de castañas asadas y hierba recién cortada.

Intento balbucear una respuesta coherente, pero el miedo mezclado con la emoción engendra fragmentos de frases mutiladas. Pronuncio muñones de palabras, para volver a pegarlas según las circunstancias.

—La reina de los pájaros dará a luz pronto —me interrumpe mi salvador—. Los pájaros no pretenden hacerle ningún daño, pero cuando protegen los huevos, ¡son peores que los pitbulls!

—¿Quién es usted?

—Quien le aconseja que regrese a su habitación lo antes posible, ¡porque son las seis menos diez, señor Cenicienta!

—¿Usted... es quien me cuida?
—Las seis menos nueve...

Muy a mi pesar, abandono ese maravilloso lugar, entro en mi habitación y me deslizo in extremis bajo las sábanas. Conecto de nuevo la perfusión justo antes de que salga el sol eléctrico.

Por una vez, me siento casi feliz de estar en la cama. Podré pasar el día soñando con ese increíble borde del cielo. El hecho de pensar que puedo volver a ese lugar endulza las perspectivas tremendamente. Tendré que investigar y descubrir más sobre la pajarera mágica y su propietaria. Por mucho que encadene mis párpados para atizar los rescoldos de mi sueño rojo durante el mayor tiempo posible, este acaba por escapar. Y debo retomar el contacto con el mal que me roe. La Remolacha me aguarda con su infinita paciencia, me recuerda a una serpiente que se acerca a olfatear su presa para comprobar que la carne está aún viva. La imagino divertida echando un vistazo al cuadro en el que se anotan los resultados de mis análisis diarios.

Alguien llama a la puerta. Es Pauline, mi enfermera, una mujer de tal estupidez que, en ocasiones, se vuelve malvada. Carga una caja de cartón blanco a la que rodea un lazo de lana granate. Me asombra verla manejar un objeto tan alegre. Lo deja encima de la mesilla sonriendo con cara extraña. Saco mi cuerpo de joven anciano fuera de la cama y me esmero para deshacer el lazo con sumo cuidado. Levanto la tapa: plumas rojas, a tope. Meto las manos y luego los brazos hasta los hombros. Una parcela de cielo vía servicio de habitaciones. Hurgo con la esperanza de encontrar una nota, cuando, de pronto, siento algo frío y duro en el fondo de la caja. Exhumo dos esqueletos de alas mecánicas flamantemente nuevas. Disponen de cuatro puntos de articulación flexibles y tienen una envergadura de aproximadamente el doble del largo de mis brazos. El niño que hay en mí aflora, qué excitante sensación de Navidad. Hacía años que no sentía semejante alegría.

—Buenas tardes, Tom, ¿cómo se encuentra hoy? —me pregunta la doctora.

Yo ni siquiera había advertido su presencia.

Intento en vano esconder las alas debajo de las sábanas y procuro borrar la sonrisa beatífica que me recorre el rostro. Todo para conseguir una compostura coherente con mi estatus de aprendiz de enfermo.

—¿Sabe? No tiene por qué esconder las alas.

—No me apetece encontrarlas retorcidas en el cubo de la basura.

—Si no se desconecta el catéter, puede ponérselas.

Estoy listo. He trabajado frenéticamente durante toda la tarde. Ni siquiera me he dado cuenta de que ha oscurecido. He pegado plumas, plumas y más plumas en los armazones y luego he fijado los armazones en mi pijama de combate. Hay que atildarse para ir al borde del cielo. Mi corazón baila punk-rock ante la idea de volver allí arriba.

—¡Uau, qué elegancia! ¿Es tu traje de nubes nuevo? —exclama Victor, de correría por los pasillos.

—¿Mi qué?

—Tu traje de nubes. ¡Para pasear por las nubes!

—Ah…, sí. Voy a probarlo esta noche en el tejado.

—¿Puedo ir contigo?

—Es peligroso…

—¡Precisamente por eso!

Sus ojos demasiado grandes para su edad y las nubes de párpados que se entornan pausadamente por encima de ellos me complican la tarea.

—Escucha, Victor… Deja que compruebe que el tejado no está encantado y otro día te llevo, te doy mi palabra, ¿de acuerdo?

Afirma con la cabeza.

—Yo me llevo bien con los fantasmas, así que, aunque esté encantado, la próxima vez podrás llevarme, ¿vale? –dice mientras reajusta mis alas con mucho cuidado. El niño acentúa la frase con una risa de conejo de dibujo animado.

–Te lo prometo.

Victor se queda en mitad del pasillo y me sigue con la mirada hasta que atravieso la puerta que me conduce a la escalera de incendios.

Aquí estoy por segunda vez en el borde del cielo. El hecho de que el efecto sorpresa haya desaparecido no neutraliza lo maravilloso que emana de este lugar. Me he quedado sin aliento igual que anoche, sin embargo, mis alas flamantemente nuevas me procuran una cierta sensación de invulnerabilidad. Presto mucha atención para observar cada detalle: los pájaros hechos a mano están instalados en unas jaulas que cuelgan en medio de petirrojos de verdad dormidos; la yedra de plumas que trepa y devora cada milímetro cuadrado produce un deseo irrefrenable de envolverse en ella; la bruma que viaja a cámara lenta mezcla los reflejos de la luna con la noche. Parece que el tejado se hubiera descolgado del hospital y viajara a la deriva hacia el infinito. Una bola de algodón gigante con forma de huevo domina justo en el centro de la pajarera. O la señorita pájaro ha descolgado esa nube directamente del cielo o tiene debilidad por el algodón desmaquillante. Una caricia de viento mueve las plumas, pero aquí no hay viento. ¿Estaré enfrentándome a un caso de pajarera encantada? Después de todo, me sentiría más seguro con Victor a mi lado.

Me acerco al opulento cúmulo y descubro que es un nido con un montón de huevos pintados a mano. Pintados con lápiz de labios, creo. Percibo un ligero chirrido herrumbroso por encima de mi cabeza. El sonido se hace más insistente y el viento que viene de no se sabe dónde aumenta. Cualquiera diría que el cielo respira a pequeñas ráfagas. Levanto la cabeza y distingo la barquilla de un columpio justo encima de mí. Una silueta familiar entra y sale de la oscuridad como el fantasma de un pájaro que quizá sea. Siento un repentino e incontrolable deseo de agarrarla igual que si fuera la pelota de un tiovivo para niños. Quién sabe, tal vez ganase una vuelta al cielo junto a ella. Un traje de plumas, que dibuja deliciosamente sus curvas de la cabeza a los pies, le moldea el cuerpo. El capuchón se ajusta a su rostro sin dejar siquiera que sobresalgan las orejas, parece Caperucita Roja en versión jilguero sexy. Le cubren las manos unos guantes de terciopelo negro. ¿Será una ladrona? Me acerco. Esa chica es una tarta de nata montada en unos tacones altos, su boca parpadea como el más goloso de los faros. La barquilla frena envuelta en un susurro de élitros y mi corazón acelera. Tiene un pájaro posado en la clavícula izquierda, lo que le da un cierto aspecto de pirata. Me acerco aún más. Unas plumas minúsculas que cobran vida a la menor expresión le cubren la carita. Las de los antebrazos son mucho más largas; se extienden majestuosamente hasta convertirse en alas.

—Es usted de esa clase de persona testaruda... —dice, con la misma voz de tonos cálidos y no sé qué de sintético mientras se balancea.

—Tenía que darle las gracias por las alas —contesto, agitándolas torpemente.

—No hay de qué... Las lleva con una elegancia cómica.

—¿Cómo debo tomarme eso?

—Como el comienzo de un cumplido.

—¿Es decir...?

—Tendrá que aprender a convertir lo cómico en más elegante.

Se supone que las mujeres más bellas del mundo producen vértigo, a mí esta me produce tortícolis. Su pequeña fábrica de viento teledirige los movimientos de mi cuello. Todo palpita. Las plumas que ondean en su piel la hacen terriblemente expresiva. Podría comunicarse conmigo sin pronunciar ni una sola palabra. He subido la escalera de incendios con el propósito de saber todo sobre esa sirena celeste. Y ahora lo único que deseo es quedarme aquí y asistir al espectáculo de su boca en movimiento hasta que amanezca. Abajo, veo los camiones que recorren la autovía, el pulso de otro mundo.

La pajaramujer frena la barquilla con los dos pies y se acerca a mí en silencio. Me pasa el brazo por las alas para comprobar que están bien sujetas.

—¿Le gustaría aprender a volar, señor Cloudman?

No puedo evitar reprimir una sonrisa ligeramente irónica al responderle:

—Sé lo complicado que resulta mostrarse convincente, aun cuando uno disponga de un traje tan sofisticado como el suyo. Intento a mi modo estar a la altura de los sueños de un niño que vive en este hospital, conozco bien ese problema... En cualquier caso, ¡me entusiasma su disfraz!

Un susurro de alas. La pajarilla da una larga calada a un cigarrillo. Sus párpados le sepultan las pupilas, igual que el telón al final de un espectáculo de marionetas. La mujer pájaro extiende los brazos hasta la punta de los dedos, dobla las rodillas, arquea la cintura y empuja el suelo con sus tacones de mucho más que aguja. Sus pies ligeros abandonan el suelo, sus alas se despliegan y barren la nube de humo. Untuosidad absoluta. Las estrellas se inclinan para mirarla y chocan contra las esquinas del edificio. Alza el vuelo hasta el pórtico de su columpio y se posa en la barra transversal. La luna, enamorada, contiene la respiración.

Cuando la nube de humo se disipa, la mujer pájaro inicia un suave descenso hacia la hierba de plumón, donde aterriza con la torpe elegancia de las mujeres con tacones altos. Sus ojos de cometa llenos de vida mariposean. Yo contengo el aliento por miedo a que el sueño al que asisto se desvanezca. La pajaramujer parece acurrucarse en su propio corazón, frágil como una flauta de cristal en medio de un terremoto.

—No es un disfraz... —susurra la pajarilla casi avergonzada.

Estoy más sonado que un boxeador vencido. Me siento de manera instintiva e incluso sentado sigo teniendo la sensación de que voy a caerme. Desde hace un buen rato he debido de olvidarme de respirar, porque un repentino hipo me produce la impresión de ser víctima de un mal contacto.

—¿Ahora me creerá si le digo que puedo enseñarle a volar?

Asiento con un movimiento de cabeza acompañado de un espasmo que no deja de resultar divertido a la pajarilla.

—Voy a proponerle un trato. Si lo acepta, podré ofrecerle una segunda vida.

—¿Un trato?

—Un intercambio mutuo de favores, si así lo prefiere.

—¿Estoy soñando o me propone un pacto faustiano?

—En cierto modo: digamos que estaría entre el pacto faustiano y el matrimonio, pero mucho más intenso.

—Acepto.

—Espere a saber...

—No, me dan igual los términos del negocio.

—No puede aceptar sin saber de qué se trata —me corta—. En el póquer uno no apuesta todo antes de haber visto las cartas.

—Entonces, ¡reparta las cartas!

—Hoy ya es demasiado tarde. La noche ha empezado a decolorarse, no debería quedarse aquí más tiempo. Vuelva mañana, un poco después de medianoche. Le explicaré los detalles del trato claramente. Solo entonces será libre de aceptarlo o no.

Tras haber pronunciado la palabra «aceptarlo», parpadea tres veces seguidas. Luego cruza y descruza los brazos dos veces, muy deprisa, con el aspecto de un pájaro herido que no sabe dónde posar las patas.

–Me llamo Endorfina –susurra mientras desliza su mano cubierta de plumas sobre la mía.

Abracadabrante de gracia equívoca.

Alcanzo las escaleras como si fuera un galán y las bajo volando de peldaño en peldaño hasta que un dolor fuerte en la parte inferior de la espalda me llama violentamente al orden. ¡Casi me había olvidado de la Remolacha! A duras penas llego al pasillo, en el que ya están las luces encendidas. Me deslizo apresuradamente en mi habitación, pero el comité de bienvenida se me ha adelantado.

–¿Aquí uno no puede ir a hacer pis tranquilamente?

–Señor Cloudman, tiene un cuarto de baño en la habitación. Debería descansar.

–¡Descansaré cuando esté muerto!

La enfermera del servicio levanta los ojos al cielo y sale de la habitación. Los párpados me pesan tanto como un tractor grúa, sin embargo, sé que no me dormiré antes de haber ordenado las emociones y los descubrimientos nocturnos.

He debido de alterar el sueño con mi traje de pájaro en pijama: no ha venido. Arrastro mi cuerpo hasta la posición de sentado para reanudar la confección de mis alas.

En mi vida «anterior» yo era incapaz de reparar absolutamente nada, un minusválido de la logística, un inadaptado crónico a los actos más banales. Conducir, mudarse, reparar, mantener, todas esas cosas siempre me parecieron terriblemente complicadas. Sin embargo, desde que he conocido a la pajarilla que anida en el borde del cielo, me he convertido en una auténtica bestia de labor. Trabajo muy duro para rebobinar el hilo de mi vida, por muy frágil que este sea.

La perspectiva de una segunda vida quema cualquier vestigio de juicio razonable. Necesito creer en el poder de Endorfina. Ya no tengo tiempo para desconfiar. Creer es lo único que me queda. ¡Después de todo, quizá esa pajarilla esté lo suficientemente loca como para lograr enseñarme su ciencia de volar! Huelo el perfume de las antiguas escenas de riesgo, ese impulso de un viejo tren a vapor que activa el surtidor de adrenalina. Es el último baile, el buqué final. Quiero sentir cómo se despliega hasta el fondo de mis arterias. Tengo que resucitar imperiosamente antes de morir. Después, estaré demasiado cansado. ¡Señorita pájaro, envíe los cometas! Yo me frotaré contra ellos y contra usted hasta despertar mi alma de la cabeza a las patas. Envíe las tormentas furibundas, esas que hacen agujeros en el cielo, ensangrientan las nubes y tapizan el horizonte con una crin de color amapola.

–Buenos días, señor Cloudman –suelta Pauline con el tono circunspecto de una asistente social.
–Buenos días…
Se inclina hacia mí y comprueba el catéter. Ahora ya lo conecto con la habilidad de una enfermera diplomada.
–Muy bien, señor Cloudman. ¡La doctora Cuervo estará contenta con usted!

Ese mismo día, un poco más tarde, Miss Remolacha se reasienta en mi cabeza. Ha hundido sus dedos de clavos en mi estómago con esos aires de «aquí mando yo». En esos momentos, el dolor puede con todo. Por mucho que piense en Endorfina, solo vivo para encontrarme en los brazos de Morfina. Estoy a su merced y eso me da mucha pena. La doctora en persona viene a pincharme. Se supone que si el pinchazo lo administra un hada envuelta en un saco de patatas azul resulta menos doloroso. Sus dedos calidísimos me palpan las venas. Huele bien la primavera. La cama se hunde bajo mi peso, mis músculos se relajan. Le digo a la doctora que ha clavado el dardo con la elegancia de la reina de las abejas. Ella me responde que las abejas mueren después del picotazo. Se imaginan ustedes la juerga si todas las enfermeras contrajeran el síndrome de la abeja... Hecatombe a las seis de la mañana, cadáveres con bata blanca esparcidos por los pasillos como en los juegos de bolos. Miss Morfina me estrecha entre sus brazos, fuera del alcance de los garfios de Miss Remolacha. La primera envía un cielo artificial a mis venas, me transformo en un pájaro de algodón. El dolor desaparece, mi cuerpo se disloca agradablemente. El aliento cálido de la doctora me acaricia el cerebro, destila desbandadas de plumas blancas a través del laberinto de mis venas. Soy mi cama y las sábanas son mi piel. Miss Morfina me succiona los glóbulos blancos, tengo leche en lugar de sangre. Estoy embarazado, voy a poner un huevo con un yo dentro. ¡Escondido en una cesta de Pascua, Miss Remolacha nunca podrá encontrarlo!

La noche me oculta mientras trepo por la escalera de incendios con mucho cuidado para no dejar ningún rastro de mi paso. Actúo como un ladrón de sueños; tendré que robar una cantidad suficiente para aguantar todo el día que sucederá a esta noche. Una melodía se escapa de la pajarera. A cada peldaño que subo el volumen aumenta. Trinos salpimentados de armonías salvajes. Parece una orquesta de silbidos. Empujo la pesada trampilla, que chirría igual que las articulaciones de un gigante de cuatro metros cincuenta. Entonces descubro un pequeño piano de cola de madera roja. Bajo la tapa, una docena de jilgueros cabecea, cómodamente instalados en los martillos de fieltro. Están colocados por orden de altura. Endorfina balancea sus posaderas de ángel rojo en un taburete de algodón. Sus dedos acarician las teclas y sus pies accionan los pedales simultáneamente. Cada nota desencadena un trino distinto. Mi mirada se sumerge entre las plumas que adornan el bamboleo de sus caderas.

Endorfina empieza a cantar acompañando al piano de pájaros. Su voz juega a la montaña rusa: susurra, ulula, salpica la letra de gritos. Ópera para pájaros en *la* menor. La mujer pájaro acelera el ritmo y golpea las teclas con más fuerza cada vez. Los pájaros se sobresaltan, echan a volar despavoridos. Cuando todos los jilgueros han abandonado el barco, Endorfina canta *a cappella*, solo la acompaña el batir de alas. Luego vuelve el silencio. Los pájaros se instalan de nuevo en los martillos de fieltro. Entonces la sacude un escalofrío, aplasta la colilla con un movimiento sensual del tacón de aguja y se vuelve hacia mí.

—Estos pájaros han aprendido a memorizar sus respectivas notas y al mismo tiempo conservan toda su libertad de interpretación. Gorjean a coro de una forma tan natural como un pájaro haciendo el acompañamiento al amanecer. Si usted quiere aprender a volar con la misma naturalidad con la que estos pájaros cantan, tendrá que actuar igual que ellos. Esta será la primera fase de su iniciación hacia una segunda vida.

—¿Me encerrará en un piano para que cante cuando a usted… le dé por cantar?

—No, eso no será necesario. No obstante, cantar es un excelente ejercicio para entrenarse en el despegue. La respiración específica de los vocalistas flexibiliza el diafragma. El canto le permite a uno relajar el cuerpo y al mismo tiempo focalizar la atención sobre lo que quiere obtener.

—¿Cómo?

—Cuando uno canta se abre a las emociones que le traspasan y a la vez se mantiene conectado a las notas que quiere alcanzar para formar una melodía, ¿no es así?

—De acuerdo…

—Pues bien, para volar es lo mismo, salvo que en lugar de notas de música tendrá que tocar una partitura de placer.

—¿Es decir…?

—La idea consiste en que piense con todas sus fuerzas en lo que mayor bien le procure, en lo que más ama o amará… Se lo demostraré.

Endorfina se cala un Camel light entre los rubíes que le sirven de labios y exhala un cúmulo para Playmóbiles. Me gustaría ser un Camel light: rodar entre sus dedos, atravesar su paladar de princesa, transformarme en humo ligero y descender haciendo rápel por su esófago, lamer sus senos desde dentro antes de acabar convertido en una flor de alquitrán plantada en sus pulmones.

—¿Todo bien?

—Sí, sí… Me entrenaba pensando en qué podría hacerme despegar.

—¿Quiere un cigarrillo?

—No, gracias, no fumo.

—Bueno. Mire y escuche.

Se apoya en una tecla y un pájaro emite una bonita nota, luego acerca sus delicados dedos al cantor y lo acaricia. Comienza debajo del pico y desciende hasta la entrepata. El pájaro empieza a lanzar un trémolo vibrante, afina la primera nota y sube una octava mientras el movimiento de los dedos de Endorfina acelera el concierto.

—¡Excita a los pájaros!

—Inmediatamente las palabras grandilocuentes… Yo actúo para que los cuerpos drenen de la mejor manera posible la endorfina que segrega el cerebro. Y de paso, les ofrezco una pequeña dosis suplementaria.

–Acepto el trato.

–Pero si todavía no le he expuesto las condiciones...

–Acepto cualquier condición.

–Con eso no basta.

–...

–Valoro la espontaneidad con la que se entrega, sin embargo, aún no sabe lo suficiente para tomar semejante decisión. No se trata de aprender a volar como quien se apunta a un curso de parapente, sino de metamorfosearse. Transformarse en pájaro, en cuerpo y alma. Abandonar la vida humana por una nueva aventura animal. Y eso le traerá consecuencias... Pero lo salvará.

–La escucho.

–Las metamorfosis son hereditarias, toda mi familia es como yo. Se transmiten a través del acto amoroso. El origen de este fenómeno se remonta a mi tatara tatarabuelo.

–¿A su tatara tatarabuelo?

–Un médico inventor de aquellos que había en el siglo dieciocho, al que siempre le fascinó el arte de las metamorfosis; en su opinión, la única forma de permanecer plenamente vivo. Un constante lector de Ovidio que trabajó toda su vida para dar vida al concepto que desarrolló el poeta latino. Convertirse en un ser híbrido entre humano y animal permite exacerbar los sentidos. Cuando se enamoró de mi tatara tatarabuela, ella se convirtió en la primera mujer pájaro de la familia.

Endorfina enciende de nuevo el pitillo con nerviosismo, escupe unas cuantas nubes a modo de pausa y reanuda el relato.

—Esta clase de mutación es muy violenta. Uno se cuestiona todo, la mente se convierte de alguna manera en un trozo de celuloide sumergido en un baño de líquido de revelado del que nadie conoce la composición. El chute de adrenalina es tan intenso que puede provocar crisis cardíacas y, teniendo en cuenta su estado de salud, yo no puedo garantizar que sobreviva. El éxito de la transformación también dependerá de su capacidad para dejarse poseer por otro yo, su verdadero yo. Esto lo lleva a superarse. Si la metamorfosis concluye con éxito, estará salvado, porque también hará que desaparezca la enfermedad.

—Créame, no tengo nada que perder.

—Sí, su humanidad, podría desaparecer. Nadie reacciona de la misma manera, cada persona genera sus propios efectos secundarios. Su enfermedad le impedirá desarrollar una transformación mixta. Yo soy mitad mujer, mitad pájaro; me transformo todas las noches y vuelvo a ser humana por la mañana. Cuando mi cuerpo de mujer envejezca, irá desapareciendo progresivamente a beneficio del del pájaro. El día que muera, me convertiré en pájaro completamente. Pero en su caso, el cáncer le impedirá esa progresión natural. Solo una mutación completa le permitirá escapar de la muerte.

—Eso no me asusta.

—¡Precisamente, eso es lo que me preocupa! Sé de lo que es capaz. Y también de lo que es incapaz.

En este instante me siento el más fuerte y el más frágil de los hombres.

—También heredará los puntos fuertes y las debilidades del pájaro en el que se convierta.

—¿Se puede elegir?

—Inconscientemente, se elige. Uno se convierte en lo que es.

—¿Lo cual quiere decir que podría verme dentro del cuerpo de un pobre pájaro bobo que ni siquiera sabe volar?

—No es del todo imposible… Pase lo que pase, en el mejor de los casos se convertirá en algo raro ante los ojos de los humanos. Podrá causar fascinación o pavor.

—Pues como todos los humanos que intentan construir algo diferente, ¿no?

—Sí, pero en proporciones infinitamente más peligrosas. Por eso, si decide arriesgarse a esta metamorfosis, es muy importante que jamás hable de ella; tanto por su propio bien como por el mío.

—Sé guardar un secreto.

—Ya dispone de elementos para reflexionar antes de dar el gran salto… Yo tenía un tío anciano que se convirtió en caballo y no pudo soportar vivir escondido. Era un enorme caballo pinto de ojos grises que estaba perdiendo la vista. Una noche, decidió salir a la aventura por los hermosos barrios parisienses. Anduvo vagando y apenas frenó su galope una lluvia torrencial que hacía crujir el cielo. Aún lo oigo exclamar fascinado: «¡Ay!, ¡no sabes qué bella es la Torre Eiffel cuando lleva puesto su vestido de destellos!». Creo que había decidido verla iluminada por última vez antes de que la noche cayera sobre sus ojos grises para siempre. Desgraciadamente, un caballo corriendo por las calles de París... La gente lo perseguía en coche, hacían sonar el claxon por diversión o porque les molestaba que se saltara los semáforos y lo esquivaban por escaso margen. Alguien intentó subir a su grupa y acabó lanzado violentamente: mi tío nunca soportó que lo montaran. La muchedumbre se puso cada vez más agresiva. Diez minutos después de medianoche, la bella Eiffel se apagó. La plaza de Trocadero brillaba como un lago helado. Él casi no veía. Sus cascos derraparon en la calzada empapada. Mi tío se empotró contra los pies de su metálica dulcinea. A la mañana siguiente, su cuerpo yacía cubierto de rocío. Parecía sonreír. Nadie se atrevía a acercarse al cadáver inmenso. Los niños querían hablarle, los hombres fotografiarlo, las mujeres tocarlo.

»Le cuento todo esto para demostrarle que tras la metamorfosis no puede jugarse a dos bandas. Mostrarse en pleno día resulta peligroso y nos expone a situaciones de rechazo. Más vale proteger el secreto. Uno está completamente solo. Y se siente mucho frío pues la soledad es inmensa.

—¿En su familia todos terminan así?

—No, afortunadamente, algunas historias acaban bien. Por ejemplo, la de la mujer cigüeña que se ocultaba en medio del bosque. Durante una fase de metamorfosis, un cazador le disparó. Cuando el hombre se disponía a rematarla, ella empezó a hablarle dulcemente y le suplicó que le salvara la vida. El cazador la llevó a su casa y la curó. La cuidó tan bien que acabaron enamorándose.

—¿Cómo están ahora?

—Igual de enamorados pero más viejos… Son mis padres.

—No obstante, usted acaba de divulgar el secreto, ¡creía que no había que hablar de ello nunca!

—Esto es un acto de confianza. Si desea que ponga en marcha su metamorfosis, tendrá que pagarme con la misma moneda.

El chirrido del columpio salpica sus palabras como el redoble de un tambor. De pronto, Endorfina parece una niña perdida que no puede detener la máquina que agita sus pestañas compulsivamente. Por primera vez me mira a los ojos.
—¿Aceptaría hacerme un hijo?

En el silencio que reina el viento recupera sus derechos. Empieza a soplar a través de las ramas del abeto enorme que linda con el hospital.
—El amor físico es la única vía de transmisión posible… Por tanto, tendrá que prestarse a la eventualidad de convertirse en padre —dice Endorfina con una voz tan aflautada que sus palabras desaparecen al contacto de la brisa—. Y además me haría muy feliz, incluso me sentiría colmada…

El efecto sorpresa me congela la mente. Corazón y cerebro cortocircuitados. Un soplador de vidrio intenta dar forma a mis pensamientos, empiezo a sentir las chispas.

Dije que no tenía miedo, pero creo que mentí.
—Ya le había advertido, el pacto faustiano es una minucia en comparación con el trato que le propongo: su vida a cambio de una vida nueva.

Estoy tan sonado como una campana después de las doce campanadas de medianoche.

—No he encontrado a nadie al que no le asuste una pajaramujer que, además, desea tener un hijo.

Endorfina acaricia su vientre de plumas igual que una cartomante la bola de cristal. Consigue mantener el aplomo, más o menos, encendiéndose un pitillo. Un largo silencio se enreda en el humo del Camel light.

Ella lo rompe con su voz metálica.

—Entonces, ¿qué me dice? Si quiere pensarlo con la cabeza fría lo entenderé. Pero si se inclina por el sí, ¡no espere demasiado tiempo!

Me levanto, las piernas me tiemblan al contacto con su respiración. Siento vértigo. Me acerco hasta percibir los perfumes de rocío que le emanan del escote. Una tormenta de plumas me traspasa a cámara lenta. Ondulaciones de su cuerpo contra el mío, la sensación de vivir dentro de un nido, de metamorfosearse en ovillo de lana. Nuestras sombras se anudan y desanudan a través del polvo de luna. La pajarilla entreabre los labios con una precisión seductora. Mi lengua explora su paladar donde una lengua con sabor a azahar me enlaza como una trenza. Sus caderas vienen y van muy cerca del piano; las teclas se hunden solas. Los primeros suspiros se escapan. Un suave roce. Sus pupilas limpias se dilatan desmesuradamente echando chispas. Un placer que desgarra. Creo que voy a salir volando, me agarro a sus alas por si acaso. El ritmo se acelera, las estrellas chocan entre sí, el cielo se engalana de plumas, nosotros rodamos entre ellas con todas nuestras dulces fuerzas. Entonces Endorfina realiza el más sorprendente de los trucos de magia; todo en meandros de caderas. Hechicería de color rojo. Creo que me estoy transformando. Nuestros vientos se vuelven huracanes, nuestras alas restallan como velas de una carabela. Éxtasis *ex aequo*. Incluso la luna se vuelve rosácea. Durante veinticuatro segundos el mundo se convierte en plumas. Y las plumas se posan una a una como los copos de una tormenta de nieve a cámara lenta.

–Regrese rápido a la habitación…, antes de que lo hagan sopa de verduras –susurra Endorfina, lánguidamente.

–¡Usted sí que sabe hablar a los hombres!

–¡Son las seis menos siete minutos, señor!

–Bueno, ya voy…

–¿No olvida algo?

La beso en los labios igual que un adolescente que no sabe utilizar la lengua. Endorfina deja escapar su risa de cascabel, un silencio de apnea divertido se desliza entre nosotros.

Me cuelo a toda prisa por la trampilla que separa mis dos mundos. Aún sigo escuchando el tintinear de su risa. Tres arañazos me rayan el hombro izquierdo; de un combate erótico con una pajaramujer no se sale indemne. El aire acaricia agradablemente mis caderas. ¡Ay, me he dejado el pantalón del pijama arriba! Bien a gusto utilizaría las alas de cubresexo, imagino el espectáculo que podría coreografiar entre las bandejas del desayuno. Cantaría «Fly Me to the Moon» de Frank Sinatra y bailaría claqué en el linóleo, ¡inventaría la comedia musical seminudista!

No obstante, mi cerebro se pone en funcionamiento para volver en busca del pantalón. Abro la trampilla a toda prisa, sin llamar. El reloj de la pajarera marca las seis menos tres minutos. El pantalón del pijama está tirado sobre la cama de plumas. A su lado, una metamorfosis en curso. La pajaramujer con la que acabo de pasar un momento de extrema intimidad está perdiendo el plumaje. Los pájaros del piano empiezan a trinar, ¡esos imbéciles van a conseguir que me descubra!

Las seis menos dos minutos. Las plumas se retraen subiendo por sus caderas. Sus senos desafían a la luna como dos minicascos prusianos. Los extremos de mis dedos no me mintieron; sería un ciego de primera categoría.

Las seis menos un minuto. Desnuda hasta la punta de los deliciosos pies, solo falta que haga eclosión el rostro. Una parte de mí lucha por regresar a la cama a toda prisa, pero otra, más exaltada, me impide abandonar el borde del cielo. Endorfina enciende un Camel light y se sienta al borde del vacío. Si espero a que haya terminado el pitillo, estoy jodido.

Las seis en punto. La sinfonía monótona de los despertadores electrónicos resuena por los pasillos del hospital y sube por la escalera metálica como una planta carnívora. No me muevo; el deseo de descubrir el rostro humano de la pajaramujer me domina. Cuando las estrellas empiezan a desaparecer, aplasta el pitillo en un cenicero de porcelana. Las plumas se disuelven una a una en la piel de la cara. Sus ojos se cierran, la punta de la nariz y luego los pómulos emergen. Endorfina tiembla con los párpados cerrados. No consigo concentrarme en el pantalón del pijama. Algo me atrae hacia el cielo y otra cosa me sujeta al suelo. Tiene el cuello sin plumas y eso puede más. La barbilla tampoco me decepciona. Sus grandes ojos resplandecen, la melena morena cae por su espalda de violonchelo.

Las seis y dos minutos. Acabo de hacer el amor con la doctora.

La noche retira su largo manto de terciopelo nocturno y lo tiende en el tendedero del horizonte. Son las seis y tres minutos y yo sigo sin pantalón de pijama. Bajo la escalera como un condenado a muerte de buen humor. Por el pasillo, un carrito de comidas me abre sus brazos metálicos. Cojo impulso, mis articulaciones oxidadas chirrían igual que las de un robot. El linóleo se vuelve asfalto bajo mis pies. Me lanzo sobre el carrito y me derrumbo encima de él entre un rechinar de vasitos. Las luces fluorescentes crepitan su solsticio de morgue. Delante de la puerta de mi habitación se forma un banco de ectoplasmas con bata blanca. La velocidad aumenta. Intento entrar en comunicación con el fantasma de mis abdominales y él me responde que sus tabletas de chocolate se fundieron hace ya mucho tiempo. Toda clase de objetos salen despedidos del carrito. Agito los brazos y ululo, el suelo desfila a gran velocidad debajo de las ruedas de mi bólido. El banco de enfermeras se aproxima, apunta sus batas llenas de bolis demasiado nuevos hacia mí. Tengo que salir volando antes de derribar a alguna enfermera. Pienso con todas mis fuerzas en Endorfina y en esa posibilidad sencilla y milagrosa: ser padre.

Soy un viejo niño. Así, aunque yo muriese antes de que él naciera, se restablecería el equilibrio. Aquí tienen al hombre más vivo del mundo. Despego el pecho del carrito. Estoy tan eufórico que voy a atravesar el techo. Efectivamente, atravieso algo que me hace mucho daño en la frente. Creo que olvidé cantar.

Las voces se enredan. Algunas palabras se sueltan, serias y frías. Alguien está herido. Distingo a Endorfina con su disfraz de doctora hablando con sus esbirros. Junto a ellos, una anciana gime encima de una camilla. Me pesan las alas. El vértigo se apodera de mí aunque estoy pegado al suelo. La abuelita con todo su moño blanco empieza a gritar como una posesa.

Recorro el pasillo-tribunal a cámara lenta, bajo las miradas enojadas de los ectoplasmas. Hago todo lo que puedo para ocultar mi semidesnudez.

–Vamos a tener que trasladarlo, señor Cloudman.

Endorfina se acerca a mí. Una resaca de rizos morenos devora sus hombros de pájaro. No puedo dejar de pensar que acabamos de hacer el amor.

–Lo instalaremos en una habitación esterilizada, por su bien y por el del resto de los pacientes del servicio de oncología. Pauline, su enfermera, le ayudará a preparar sus efectos personales.

Cada sílaba golpea como una regla en una pizarra. Ojos de hielo, giro de ciento ochenta grados sobre talones, corriente de aire y después nada más. Me siento traicionado por esa mujer de dos caras que miente con la elegancia de un ilusionista. Detrás de mí, la anciana en la camilla patalea como Janis Joplin en plena crisis. No me atrevo a volverme. No es momento de que me atrape una risa nerviosa incontrolada.

—¡Ha lanzado un carro de comida contra la señora Sérault y se ha roto la tibia! —me suelta una esbirra con calzado anatómico.

Intento interesarme por su estado compasivamente, pero la del calzado anatómico se interpone.

—¿No cree usted que ya ha hecho suficiente? ¡Deje en paz a la señora Sérault, por favor!

En su voz se nota una satisfacción edificante, el placer mezquino del control. Yo guardo silencio. La Abuelita Moño sigue con su concierto.

Entristecido, recojo mis plumas y las meto en los bolsillos. Algunas son de Endorfina.

—¡Tiene usted plumas hasta en el pelo! —comenta otra enfermera, conteniendo la risa.

La vergüenza vuelve mis gestos más imprecisos de lo habitual y dejo caer la mitad de mi triste tesoro. Acabo de hacer el amor con dos mujeres en una y ahora deben de maldecirme las dos. Yo sé que es dos en una, pero ella no sabe que yo lo sé y eso lo falsea todo. Estoy metido en una trampa. Jamás podré escapar de una habitación esterilizada: se acabaron el funambulismo silencioso por el tejado y las visitas al niño luna.

Después de haberme dejado un buen rato en mi habitación –donde he tenido tiempo de sobra para cambiarme y temer la que se me viene encima–, las ectoplasmas me escoltan hasta mi celda. Me pregunto quiénes serán de verdad debajo de su disfraz. Algunas son tiernas, incluso cuando me pinchan, otras me pinchan solo con dirigirme la mirada.

–Este es su nuevo «nido», señor Cloudman..., aquí no vendrá a molestarlo ni un solo microbio –suelta Pauline mientras abre la gran puerta cuadrada de la habitación esterilizada.

Yo sonrío con tristeza. En cada detalle percibo el dulce cuidado de la pajaramujer, la marca de su mano experta. Las paredes están tapizadas de plumas. Pero todo está cubierto de celofán, y me siento como una loncha de pavo envasada al vacío.

El tiempo pasa lentamente, la risa de la Remolacha resuena en mi cabeza. Cada movimiento desencadena un tornado de sonidos plasticoides. La euforia se ha convertido en recuerdo de una euforia que ya galopa a lo lejos, sobre llanuras cubiertas de bruma. Convoco la loca idea de ser padre. La idea se enciende, petardea como los fuegos artificiales y luego se apaga con la misma rapidez. Padre. ¿Quién querría un pavo envasado al vacío a guisa de padre? Incluso aunque consiguiera escurrirme por entre los dedos de garfio de la Remolacha, ya no sería auténticamente humano. Solo sería un pájaro perdido en un desierto de celofán. Si el niño nace después de que yo muera, Endorfina tendrá que confeccionar mis recuerdos para él. Y deberá inventárselos, después de todo ella tampoco tiene tantos. Y aunque el niño naciera antes, teniendo en cuenta mi situación actual, ¿qué podría enseñarle? ¿A caer? ¿A convertirse en animal? ¿En fantasma?

Los cristales líquidos del televisor plastificado señalan las nueve y media. Al otro lado de la pared, el crepúsculo probablemente meza al edificio en su estuche dorado. He debido de dormir más o menos todo el día.

En la mesilla veo un paquete parecido al que recibí el otro día. Probablemente mi «recompensa» por haber descuajeringado las rodillas de la Abuelita Joplin. Cedo a la curiosidad. Más plumas rojas. Meto la mano y saco una máquina de fotos, uno de esos chismes que se manejan con emoción. Tiene ese olor a juego electrónico japonés *vintage*. Abro el sobrecito pillado debajo del regalo.

> Querido Tom Cloudman:
> Sé que debe de sentirse frustrado al verse dentro de una trampa. Le pido que cante y usted acaba prisionero en una jaula de plástico… Pero después del incidente de ayer, muchos de mis colaboradores exigieron su traslado a otro establecimiento hospitalario. Aislarlo ha sido la única solución para que consintieran en que se quedase aquí. Si le sirve de consuelo le diré que, de cualquier modo, la oncóloga que soy habría tomado esta decisión antes del fin de semana por razones médicas. Efectivamente,

en una habitación esterilizada es donde el cuerpo se encuentra más protegido. Si la enfermedad ganase demasiado terreno, no le quedarían fuerzas para llevar a cabo la metamorfosis que podría salvarlo.

También debe de reprocharme el haber ocultado mi doble identidad. Era la condición *sine qua non* para que siguiera confiando en mí como médico. Usted rompió este equilibrio al olvidar su pantalón de pijama en mi nido. No obstante, tranquilícese, ni la «amante» ni la «doctora» lo dejarán de lado.

He trabajado mucho para convertirme en oncóloga. Esta enfermedad se llevó a un miembro de mi familia cuando yo era niña. Desde entonces he querido combatirla a modo de venganza. Aún hoy no soporto ver a mis pacientes desaparecer. Mi tatara tatarabuelo me hizo prometer que jamás utilizaría mi poder de metamorfosis para salvar a nadie, salvo que fuera por amor. «Tendrás que ser terriblemente prudente –me repetía de manera incansable–. Si activas una metamorfosis en un hombre que no te ama lo suficiente, o al que tú no amas lo suficiente, él se volverá contra ti, contra todos nosotros. Si haces una mala elección, engendrarás un monstruo.»

Yo lo conozco desde hace mucho más tiempo del que cree. Presencié una de sus actuaciones hace ya algunos meses. Fue en un pueblo, no lejos de aquí. Usted intentaba escalar la fachada de una panadería para «despegar» del tejado. ¡Eso era cuando menos intrigante! Todo iba bien hasta que alguien decidió abrir las contraventanas…, todo el mundo aplaudió su espectacular caída…, en un primer momento, nadie se dio cuenta de que había perdido el conocimiento. La gente pensó que aquello formaba parte de la puesta en escena. Yo le apliqué los primeros auxilios, luego, cuando llegó la ambulancia, regresé al trabajo. Definitivamente, me intrigaba usted. Esa misma noche, fui a dejar varios canarios rojos al pie de su ataúd rodante.

Poco después, usted ingresaba en el servicio de oncología. Lo reconocí al primer vistazo, pese a que no llevaba el disfraz. Lo observaba cuanto podía. Lo vi robar las plumas de las almohadas de sus vecinos y deambular por los pasillos con las alas retorcidas. ¡Comprendo tan bien su necesidad de ser «otro», de escapar a su condición! Empecé a sentir el deseo de salvarlo. Todas las noches, después de que usted pasara por las habitaciones, yo rellenaba las fundas que había saqueado para que pudiese seguir con su recolecta. Luego mandé que le entregaran almohadas y plumas rojas, además de los armazones. Por último, la ducha de plumas, para conducirlo hasta mi casa...

Yo siempre he dado pavor a los hombres. Bien pensado, una mujer pájaro obsesionada con la maternidad... Intenté seducirlo, procurando pese a todo no alterar mi juicio de oncóloga. Durante el día, reprimía mis sentimientos para dejarlos brotar una vez que caía la noche. Tom, quiero ser su sueño y su realidad, quiero salvarlo y me gustaría que fuera el padre de mi hijo. Cuente conmigo, con nosotros, y tenga confianza. Podemos conseguirlo.

Al abrir el paquete ha debido de encontrar un extraño aparato... Se trata de un «Dreamoscopio», una máquina para fotografiar sueños y fantasmas que inventó mi tatara tatarabuelo. Es un remedio para la mente divertido y muy eficaz.

Todo el mundo consideró a mi antepasado un hechicero o un loco, lo que en cierto modo es. Vive en una casa construida con libros, en los confines de Escocia. Un taller extraordinario en el que se dedica a poner a punto sus inventos. Después de haber fabricado el «Sollófono» −una máquina capaz de grabar el llanto de los fantasmas−, se le metió en la cabeza fotografiarlos. Tras muchos años de investigación, consiguió crear una película que se llama «ektaplásmica» y es sensible a la luz del más allá. Fotografiar a sus fantasmas le llevará a domesticarlos. Eso lo protegerá de ellos: son legión en este hospital.

El «Dreamoscopio», un motor de accidentes y sorpresas, también activa el principio de la metamorfosis. En un primer momento, las técnicas de mi tatara tatarabuelo pueden parecer extrañas, sin embargo, este aparato me estimuló mucho durante mi larga crisálida adolescente.

Mi tatara tatarabuelo descubrió otra propiedad de la película ektaplásmica. Él tenía la costumbre de fotografiar a su amada en pleno sueño, le fascinaba su rostro dormido. Una noche, por un descuido, utilizó la famosa película. Cuando la reveló, se encontró con una sorpresa de marca mayor: en la foto aparecía un sueño como un tatuaje mágico. Al inmortalizar a su amada, pudo capturar sus sueños. La película era sensible a la luz de los sueños. Gracias a ese procedimiento, obtuve la fotografía del hombre pájaro que le mandé. Solo tuve que fotografiar su rostro mientras dormía.

Tom, haré todo cuanto pueda para sacarlo de ahí. Entretanto, utilice lo más posible ese aparato. Es un par de alas para la mente.

Que tenga felices sueños... Si se porta bien, dejaré que fotografíe los míos.

Endorfina

Los resplandores exangües de los fluorescentes se deslizan por debajo de la puerta. Es bien avanzada la mañana. Casi no he dormido. He pasado toda la noche cazando fantasmas con la máquina de fotos de Endorfina. No he conseguido capturar a la Remolacha. Si acepta mostrarse a la luz de un escáner, esta enfermedad es demasiado real para dejarse engatusar por un Dreamoscopio. Ataca tan fuerte que me descubro comprobando la conexión del gotero. Tengo miedo. Por más que piense en ese sueño de paternidad que se metamorfosea al contacto con Endorfina, tengo miedo. La Remolacha nunca me había acorralado así. Me perfora agujeros en el estómago. El dolor es tal que ya no me atrevo a moverme. Entonces tiemblo mientras espero la tregua. Mis párpados se convierten en cortinas de terciopelo, no me quedan fuerzas para abrirlos completamente.

No obstante, me embarga una sensación de algodón blando bajo los omóplatos. Al principio pienso que he debido de olvidar quitarme las alas, pero las alas están ahí, colgando tranquilamente en su percha. ¡Un plumón translúcido empieza a cubrirme la piel! ¿Estaré transformándome en polluelo, o… en cojín? Me paso la punta de los dedos por los antebrazos, una oleada de euforia me invade.

Pauline entra en la habitación, cubierta de celofán. Yo me escondo debajo de las sábanas. También entra la doctora, para controlar los resultados de los análisis y ver cómo me encuentro. Lleva puesto maravillosamente un mono de plástico flexible que me priva de cualquier contacto con su piel. Cuando la doctora se acerca a la cama, salgo de mi escondite. Sus dedos se pasean por mi pijama para comprobar la tensión. Sus ojos parpadean y respira entrecortadamente. Sé que es consciente de mi metamorfosis. Cuando asegura que mi estado mejora, me doy perfecta cuenta de que no es la doctora quien habla, sino Endorfina. Pauline no puede reprimir una mueca de sorpresa al mirar de reojo el cuadro de mis análisis. La pajaramujer disfrazada de doctora Cuervo arrastra sus uñas por mi antebrazo emplumado.

–No se puede reaccionar mejor al… tratamiento, señor Cloudman. Corre el riesgo de sufrir algunos efectos secundarios, pero la alquimia…, es decir, la química… funciona perfectamente.

Sale de la habitación al tiempo que añade:

–¡Estoy contenta…, francamente!

Pauline la mira mientras se marcha igual que si estuviera viendo pasar a un extraterrestre. Quizá lo sea.

Durante todo el día, la máquina en la mesilla me incita. Estoy impaciente por ver qué revelará la película. Acecho las apariciones de la doctora como un ave de presa. En el momento en que se materializa en la ventanilla de la puerta, la fotografío. Solo puedo ver su cabeza y su busto. Me gustaría picotearla, revolcarme entre sus brazos. Ella desfila para mí dos o tres veces al día, según el flujo y reflujo de los enfermos que deba tratar. Cualquiera diría que se desplaza en patines. Si al menos todo el mundo pudiera deambular en patines por este hospital... El linóleo se transformaría en pista de patinaje y asistiríamos a maravillosos topetazos en cadena. Al llegar la noche, se organizarían campeonatos de baile con andador. Una especie de ballet con ruedas, en el que las enfermeras se balancearían de una pared a otra y todos los enfermos tendrían un chute de euforia. Yo escondería unas ruedecillas debajo del hospital, para que a la primera ráfaga de viento saliera a la deriva. Se podría dirigir igual que un inmenso *skateboard*: todo el mundo se aglutinaría en el ala sur, y ¡a bogar navío! Los árboles se inclinarían para dejarlo pasar. Dirección al Océano. ¡En lugar del sempiterno paseo por el jardín, podríamos bailar en la playa!

La Remolacha vuelve a hundir sus clavos repentinamente. A menudo, el dolor se manifiesta mientras mi mente divaga. Es capaz de encerrarme dentro de la realidad en pocos segundos. Sin embargo, la loca esperanza de la metamorfosis aún parpadea. El plumaje de polluelo que devora mi epidermis me regala la sensación de seguir fugado. Pauline no puede evitar mirarlo fijamente esforzándose por fingir que no pasa nada.

Cae la noche, noto cómo se espesa justo detrás de la pared. Una energía nueva se apodera de mí. Me siento teledirigido por el pájaro que me posee. Ese pájaro conecta mi cerebro izquierdo directamente al corazón. Escapo de mi propio control casi voluntariamente. ¡Qué radiante sensación! Deseo correr con todas mis fuerzas hasta salir volando. Silbo sin darme cuenta. El inmenso trasero de Pauline me produce el efecto de un brownie. Y, sin embargo, nunca me ha gustado demasiado ese tipo de pastel. Aprieto con insistencia el botón que me comunica con las enfermeras. Llega una y me pregunta el motivo de la llamada amablemente. Entonces silbo como un hervidor de agua, no puedo parar de subir a los agudos. Pauline se tapa los oídos y yo salto a sus brazos. Ella se defiende, yo tiro el gotero. Ella grita, yo canto a pleno pulmón, cubriendo su voz, y le espeto un gigantesco beso con lengua al tiempo que la lanzo sobre la cama. Esta es una buena prueba de que recupero fuerzas, porque la dama debe de pesar el doble que yo. Su enorme pecho actúa como un radiador eléctrico contra mi pecho. Una chispa de sorpresa desesperada atraviesa su mirada. Yo salto fuera de mi celda, corro, intento despegar, me caigo de bruces en el linóleo y me revelo como un pájaro que no está del todo terminado.

Irrumpo en la sala donde se reúnen las enfermeras batiendo las alas-brazos, con el Dreamoscopio colgado del cuello. Sobresaltos. Para tranquilizarlas respecto a mis intenciones, les canto «Blue Moon» de Elvis Presley. Hay una que se sabe la letra y empieza a tararearla. Las demás están horrorizadas. Las fotografío y luego empiezo a libarlas a todas. A las viejas de cartón piedra, a las tripudas con gafas de culo de vaso, a las casi hermosas con moño…; no puedo detenerme. Algunas gritan, otras ríen, una de ellas llama al servicio de seguridad. Un equipo de rugby masculino con bata azul llega a paso de carrera. Me encaramo en la mesa, derrapo ligeramente en el archivador que está abierto, intento agarrarme a la bombilla desnuda que cuelga de la lámpara del techo, me quemo los dedos, arranco el cable y, por segunda vez consecutiva, me convierto en papilla integral. Los jugadores de rugby azules me llevan en volandas hasta mi celda y me atan con fuerza a la cama. Les pregunto si puedo fotografiarlos. El tiempo se detiene un cuarto de segundo, los jugadores posan y salen de la habitación amablemente. Concluyo «Blue Moon» con un hipido.

Esta mañana he vomitado encima de las alas. La vuelta a la realidad no se ha hecho esperar, igual que en la época de las escenas arriesgadas. La adrenalina que me irriga el cerebro había anestesiado el dolor, pero cuando ha decaído la euforia, la primavera de los hematomas se ha instalado. Me cuesta mucho asumir lo que ocurrió ayer. Me toman la tensión, me pinchan, me dan de comer y todo me resulta tremendamente embarazoso. Nadie hace alusión a mi ataque de cariño salvaje. Lo agradezco en silencio.

La Remolacha gana terreno. Envía helicópteros en misión al estómago y, hasta que no vomito la sopa de silicona, no para. En cambio, mis plumas se vuelven sedosas, espesas, largas. Pauline no se atreve a mirarme a los ojos. Las auxiliares tampoco. El plumón que retoña en mí las incomoda de manera manifiesta. Endorfina me ha dicho que me haga fotografías a mí mismo regularmente, para que adquiera conciencia del avance de la metamorfosis. Cuando no tengo fuerza para hacerlas, me acaricio los nuevos antebrazos con la punta de los dedos. En ocasiones, incluso me duermo.

«Happy birds day to you… happy birds day to you, Mister Cloudman…» ¿Estoy soñando? ¿Grabará también los sueños sonoros este aparato mágico?

La puerta se abre, una mano enguantada cubre el picaporte. Aparece Endorfina. Parece una asesina en serie dispuesta a fregar los platos. Su cuerpo se acerca al mío, sus alas cubiertas de plástico se enredan alrededor de mi cuello. Ruido de mono de esquí. La pajaramujer saca un trozo de tela de su escote… Un trozo de tela que no es ni más ni menos que el pantalón del pijama que dejé en su nido…

—Desde luego, no será disfrazándote de preservativo gigante como corres el peligro de quedarte embarazada —digo para romper el silencio.

—Paciencia…, hemos adquirido rodaje de ventaja, ¿no te parece? Quién sabe, tal vez, como sucede con algunos actores, la primera toma sea la buena. ¿Cómo te encuentras hoy?

—Mis rabietas se han vuelto más violentas e incontrolables que nunca. Ayer me convertí en un obseso del magreo con las enfermeras…

—Eso forma parte del proceso. En cierto modo son efectos secundarios. Intenta canalizarlos pero sin refrenarte.

—Eso es fácil de decir…

—Es importante para que no te pierdas por el camino. La leyenda dice que Charlie Chaplin y Adolf Hitler se convertían en león al anochecer; uno concentró su energía hacia la creación, el otro hacia la destrucción. Sin embargo, en su forma animal, era prácticamente imposible distinguir a uno del otro.

–No tengo el mundo en mis manos.

–Tienes el tuyo.

–¿De verdad que no puedes quitarte ese traje de celofán aunque solo sea unos minutos?

–Sí, podría, pero prohibido tocarme. Tienes que mantenerte a distancia de las bacterias, incluidas las mías…

Hago un gesto para confirmar que acepto el nuevo trato.

–¿Seguro?

–¡Seguro!

Endorfina se deshoja. En esta ocasión, ruido de bolsa de caramelos. Su plumaje, que la noche vuelve azul, ondea. «Happy birds day to you…», tararea de nuevo. Clavo los dedos en el colchón para no saltar sobre ella. Mi plumón se carga de electricidad estática. Cojo el Dreamoscopio de la mesilla y disparo hacia su cuerpo desnudo desde todos los ángulos. Endorfina se presta al juego, revolotea por encima de mi cabeza y se posa en el techo, recorre el cielo de la habitación y aterriza a los pies de la cama delicadamente. La película se ha terminado, la vuelta en tiovivo también. Endorfina se pone de nuevo el traje plastificado de manera apresurada y se enrosca en mi espalda haciendo mucho ruido.

–Debo irme ya, no puedo permitirme recobrar la forma humana aquí, no tengo ropa…

–Una cosa. ¿Podrías ir a ver si al pequeño Victor no le ha salido barba esperando en la escalera?

Todas las noches nos citábamos a las diez y yo ya no puedo ir.

–Ayer le hice una visita. Le expliqué que estabas trabajando muy duro para mejorar tus poderes y que pronto volverías.

Endorfina me abraza. Entonces, un ruido de crujido de plástico, al que sucede un silencio casi apaciguador, que apenas enturbian las máquinas para retrasar la muerte. Mi mano emplumada y la suya, envasada al vacío, se ensamblan tranquilamente.

Estas últimas semanas, la Remolacha y la metamorfosis se han entregado a una auténtica carrera contrarreloj. Las pulsiones de cielo me estremecen tanto que en ocasiones tengo la impresión de despegar con todo este maldito hospital a la espalda. Y un instante después, es como si el edificio se estrellara encima de mi columna vertebral. La Remolacha aprovecha esos momentos de desánimo para pegar plomo entre mis huesos. Entonces canto, hasta que la cabeza me da vueltas y mis brazos se convierten en alas. Me despliego en el borde de la cama e imagino que llego al cuarto de baño sin tocar el linóleo. Muy a menudo, termino la carrera a los pies de la lámpara de la mesilla de noche y, en la caída, arrastro la guirnalda de perfusión. Ayer me quedé dormido en el suelo. Pauline me amenazó con atarme a la cama. Me deslicé bajo las sábanas dócilmente; creo que aquello la tranquilizó. La oí hablar con la doctora en el pasillo. La doctora insiste en que me deje dormir mucho. Ya no recuerdo la última vez que alguien me ha despertado.

–Buenos días, señor Cloudman. Le he traído a una persona que quería verlo...

Ahí está Victor, con su rosario de perfusión y sus grandes ojos nubosos. Abro los brazos, inflo el torso y hago como si fuera a salir volando mientras reprimo un ataque de tos. En lugar de eso, me desplomo lamentablemente.

Pauline finge una sonrisa de aliento. El modo en que las pestañas del niño envuelven sus ojos nublados de emociones contradictorias me anima a levantarme. Victor no se atreve a acercarse a la cama. Su mirada está vacía, no me reconoce.

—¡Vamos, Victor, no te hagas el vergonzoso, dale el dibujo!

El niño luna obedece en silencio, con la cabeza gacha. Me tiende una hoja de papel de manera automática. Parece que acaba de recibir un castigo. El dibujo representa un polluelo amarillo muy grande con otro más pequeño entre las patas. Le doy las gracias a Victor mientras Pauline se apresura a colgarlo encima de la cama. El silencio está de vuelta.

—Pero, Victor... ¿Te ha comido la lengua el gato? Tanto que querías ver a tu «Hombre Nube»... ¡Ahí lo tienes, delante de ti! —dice Pauline, arrodillándose frente a él.

La enfermera coloca cariñosamente las manos sobre los minúsculos hombros del niño.

—¿Queréis que os deje un ratito a solas? —pregunta Pauline.

Victor sacude la cabeza para decir que no con la mirada fija en sus zapatos. Tengo la impresión de ser ese bisabuelo pirado al que te obligan a ir a visitar aunque te dé un poco de miedo.

Pauline sale de la habitación llevando a Victor de la mano. La puerta da un portazo. Un resto de orgullo surge de entre los pliegues de mi pijama arrugado. Me incorporo como quien abre un paraguas roto.

¡Si sigo mucho más tiempo en esta cama, mis brazos se volverán sábanas! Me convertiré en un fantasma sin siquiera darme cuenta. Voy dando bandazos hasta el baño, la gran aventura del día. A duras penas llego al lavabo y me alzo a la altura del espejo. Tengo la piel cubierta de plumillas rojizas. Alguien ha socavado mis pómulos y ha enterrado en ellos mis ojos. Estoy espantoso. Espantado. Río-lloro-grito. Estoy convirtiéndome en «otra cosa». ¡No es posible! ¡Este espejo debe de estar trucado! Actúa como un líquido de revelado, igual que el Dreamoscopio. Y esta pesadilla se parece terriblemente a la fotografía de mis sueños. Llueve dentro de mi cabeza. Ataque de crisálida. Entrecierro los ojos y reconozco el esbozo de mis rasgos debajo de las plumas. La esperanza de una referencia se ilumina. Intento hablarme, serenarme. Las cuerdas vocales reaccionan de un modo cada vez más caprichoso a mis tentativas de gritos. Silban, vibran, estridulan. Me arrastro por el cuarto de baño, donde el sonido reverbera de manera más bien agradable. Observo otra vez mi reflejo. Espejo, espejito mágico del cuarto de baño…, ya sé que no soy el hombre más hermoso del mundo, pero ¿me convertiré en un desconocido incluso para mí mismo? ¿Cuál es la siguiente fase? ¿En qué me convertiré? Me hago una fotografía para plasmar el momento. Quizá también para tranquilizarme. Endorfina me puso el Dreamoscopio en las manos con el fin, como ella dice, de activar el principio sorpresa, sin embargo, también me sirve de referencia temporal. Necesito tiempo para aceptar la metamorfosis que se opera en mí serenamente, para tomar distancia, y además disfrutar de la idea de transformarme. ¡Resultaba tan sencillo cuando solo se trataba de una fantasía! Estoy convirtiéndome en «lo que soy» y esa realidad me asusta.

Poso mi cuerpo-edredón sobre la cama, es imprescindible que mi corazón deje de tocar el tambor. Intento recuperar el aliento.

Se presenta un batallón de enfermeras al trote, medio irritadas medio tristes, y me ofrecen un poco de química relajante. Pauline entra en cabeza. Se detiene a observarme antes de bajar la mirada. Sus hermanas de bata me miran como si fuera un niño mortinato. A una se le escapa un grito de asombro, mientras otra deja de ventilar totalmente. Por mucho que intenten evitarlo, sus ojos inquietos me traspasan. No puedo dejar de temblar. Pauline se acerca y me pone una inyección. Las agujas siguen siendo igual de dolorosas, pese a la capa de plumón que ahora me recubre la epidermis. La Remolacha contempla mis sobresaltos, sentada en la tele apagada. Las enfermeras se marchan apiñadas en fila, al trote.

Mi amiguita Morfina acaba de darme un planchazo a los nervios y los efectos empiezan a dejarse sentir. Se me reblandecen los huesos, tengo la impresión de levitar por encima de la cama.

—¿Soñarías con volar si pudieras vivir en la ingravidez?

—¿Quién me habla?

—Soy la montaña que tienes que escalar, el bosque encantado que debes recorrer —dice esa cosa, con su enorme trasero fucsia plantado encima de la tele. Parece Jabba el Hutt en *Star Wars*. Tiene unos ojillos muy juntos y una enorme boca con forma de estrella de la que sale una voz de pastor alemán.

—¿Te gusta hacer pleno a los bolos? ¿Y la intensa alegría que provoca el poder de explotarlo todo? Soy más ligera y vuelo más rápido y más alto que todos esos malditos pájaros. ¿Sabes por qué? Porque no conozco el pegamento de la emoción. No amo, no odio, no me vengo, no calculo. Juego a los bolos con los humanos y hago miles de plenos al día. Y ¿quieres que te diga una cosa? Es el juego más excitante de todos.

—Yo no te he esperado para poner a prueba mis límites.

—Eso es lo que tú te crees, pero hace ya muchísimo tiempo que me paseo por tu estómago. Fuiste tú quien me llamó… ¡Maltrataste tanto el cuerpo con esas ridículas escenas de riesgo! Me encantan los humanos como tú, devorados por el estrés, vuestras células están trituradas de antemano. Se os puede mordisquear viendo la tele sin siquiera pensar en ello. Solo esperaba a que estuvieras a punto para ir a cogerte. Apostaste el corazón al descuidar los nervios y los has destrozado completamente. La excitación que lograbas convertir en energía durante tu juventud se está volviendo contra ti. Tiene ese dulce perfume de sangre mezclada con espuma del ataque de un tiburón.

Remolacha avanza hacia mí y me pasa las uñas llenas de grasa por el pelo.

—Estás en tu punto, al dente.

—Tengo un plan de fuga para escurrirme entre tus dedos. No me vencerás.

—¿Ah, no? ¡Espero con impaciencia ese último espectáculo! ¿Qué vas a inventar para fracasar esta vez? ¿Sabes? —dice con una horripilante voz infantil—. Podría agujerearte el estómago con un pico en el instante que quisiera…

Remolacha empieza a canturrear con tono de canción infantil:

—«Los pulmones se te llenarán de sangre, hijo mío, te dejarás ir hasta ahogarte en brazos de Morfina sin tener yo ni que cansarme…».

Luego recupera la voz de pastor alemán:

—Pero ¿qué te crees? ¿Que esas alas de mierda y la medio pintada de arriba te permitirán oponerme resistencia? Me das pena. Ahí andan todos con sus teorías psicosomáticas, les tranquiliza imaginar que tal vez el cerebro humano rebose de tesoros mágicos que puedan hacerme retroceder... ¡Pues no! Te garantizo que no. Incluso los casos milagrosos, los he dejado escapar yo: por despiste o por cansancio...

–¡Buenos días, Tom! ¿Cómo te encuentras? –dice la doctora con una voz radiante.
–¿Se... se ha ido?
–¿Quién?
–¡La Remolacha!
–¡Aquí no veo ni remolachas ni puerros!
–¡Estaba sentada encima de la tele!
–Deben de ser los efectos secundarios de la morfina, pronto se atenuarán.
–¡Precisamente eso es lo que me preocupa!
–Tom, la época de las preocupaciones ha terminado. Si te parece bien, esta noche te darás tu primer baño de cielo. Prepárate para despegar a las doce en punto.
–¿De verdad? ¿Crees que estoy listo?
–Sí, pienso que es un buen momento para tu bautismo.

La doctora se acerca, echa un vistazo a la puerta y me da un beso en los labios resecos. El mismo ruido de paquete de caramelos con la prohibición de saborear el contenido.

–Cuando te beso me parece que traiciono a pajaramujer.
–Soy una mujer apasionada, ¡pero no tanto como para sentir celos de mí misma! ¿Quieres que

revele las fotos? –dice mirando los carretes que hay en la mesilla.

–Me asusta un poco ver lo que podría haber ahí…

–¡Precisamente ese es el efecto que buscamos! Cuanto más te involucres en el juego, más activarás el principio sorpresa. Y no conozco mejor combustible para dar impulso a tu mente. Cuanto más dinámica esté, más se acelerará la metamorfosis.

–Todo eso jamás sustituirá al tacto. Necesito tocarte.

La doctora pájaro se dirige bailando hacia la puerta de la habitación, la cierra con llave por dentro y, al mismo tiempo, activa el interruptor de «Prohibido pasar por orden facultativa». Mi plumaje tiembla como si sus dedos plastificados provocaran un viento tormentoso en la misma piel. Es la primera vez que alcanzamos tanta intimidad a pleno día. Me pide que cierre los ojos. Dejo uno abierto. Endorfina coge las almohadas y las desgarra encima de mí. Nieva sobre mi cabeza, también dentro de ella. La doctora recoge las plumas y las pega en pequeños grupitos en sus manos y su rostro.

–Mantén los ojos cerrados –me susurra.

Obedezco y empiezo a imaginarla. Me veo en su nido. Sus dedos se apoderan de mí en un tumulto de dulzura. Los míos adivinan su anatomía curva, ella me guía hacia las zonas que acaba de cubrir con plumas. El placebo resulta bastante eficaz. Me gustaría declararle la pasión que siento por ella. Me lanzo como en una escena de riesgo.

—Me gustaría ofrecerte mis espermatozoides...
—¿Perdón?
—Me gustaría que los conservaras, nunca se sabe... Aunque el otro día en el tejado, algo se hubiera puesto en camino... Así tendríais con qué aumentar la familia.
—¿Quieres que almacene tus espermatozoides?
—¡Sí! Como el buen vino, ¡en una botella con la añada!
—¿Y en la etiqueta, un resumen de tu trayectoria como el peor especialista del mundo y la denominación de origen para garantizar que esos espermatozoides son tuyos?
—Exactamente, eso me haría prácticamente inmortal.

Tom Cloudman se durmió entre mis brazos.

Su metamorfosis adquiere cuerpo. El plumón se espesa, de color carmín. Sin embargo, su cuerpo de pájaro aún está lejos de la eclosión y el de ser humano a punto de la implosión. ¿Debería apostar por su capacidad de transformación y favorecer al pájaro que hay en él, o debería, al contrario, defender el mayor tiempo posible su cuerpo humano? Llegamos a un momento crítico en el que el tratamiento metamórfico podría matarlo de un día a otro. La mujer pájaro y yo nos tiramos de los pelos que compartimos. Lo siento bullir justo encima de mi cabeza. Un montón de responsabilidades se acumula sobre mis hombros. Si me la juego al todo por el todo, lanzo a Tom a pleno cielo y él no soporta la impresión, me lo reprocharé el resto de mi vida. No obstante, no puedo dar marcha atrás, y él tampoco. Ahora bien, si él tuviera que apagarse en la habitación esterilizada con la sensación de haber sido abandonado, aún me sentiría peor.

Me despierto en pleno día. Una dulce sensación acaricia mi piel. Ya está, soy un plumero. Se podría limpiar el polvo del hospital solo agitándome por los rincones. Me quito las alas pegadas con esparadrapo, el disfraz ya no me sirve para nada. Me acaricio la cabeza con dificultad y está casi tan suave como las manos de Endorfina. Un dolor sordo me invade los omóplatos. La doctora dice que eso es buena señal, las alas estarían a punto de la eclosión.

Victor ha preguntado por mí. Endorfina le ha explicado que estaba en fase de crisálida, como las mariposas.

−¿Y eso duele? −ha sido su única reacción.

−Señor Cloudman, ¿está preparado para el gran despegue? −me susurra una voz casi en sueños.
−¡Sí!
−Espere aquí un instante.

Como si pudiera irme a algún sitio, ¡ni siquiera me sostienen las piernas! Durante un segundo bailo un twist involuntario y me derrumbo como un castillo de naipes.

Para mi gran sorpresa, Endorfina vuelve a aparecer con Pauline junto a ella. Así que la cascarrabias del servicio forma parte de este extraño comando. Debo reconocer que su comportamiento ha cambiado desde que, el otro día, libé en su boca.

—He tenido que pedir un poco de ayuda a una persona de confianza para asegurarnos un mínimo de tranquilidad. Ha aceptado vigilar.

Entonces, Endorfina me tiende unas tijeras de costura.

—*It's time, Mister Cloudman... It's time!*

Corto su mono de cadáver, las hojas de las tijeras se deslizan por el plástico. Me entretengo deshojando su piel. La intensidad del placer que siento me llena de fuerza, mis miembros entumecidos recuperan algo de tonicidad. *Happy birds day to me!*

—Bien, muy bien... ¿Pauline? ¿Alguien a la vista?

—No, ¡todo está tranquilo! —susurra la enfermera con un tono sorprendentemente travieso.

La doctora se une a mí y cierra la puerta tras de sí. Saca de la blusa una petaca rectangular, como las que se ven en las películas del Oeste. La mueve delante de mis narices para que pueda descifrar la etiqueta: «Espermatozoides Tom Cloudman, cosecha nocturna, certificado de autenticidad».

—Señor Cloudman, ¡tendrá que llenar todo esto si quiere asegurar su descendencia! —dice al tiempo que se quita la bata.

Lleva el atuendo de las grandes noches, penachos atrapados en la trampa de sus medias de rejilla, pestañas de murciélago y carmín para despertar a los muertos. Los tacones de aguja vertiginosos hacen pensar que, esta noche, debe de tener previsto volar más que caminar. Las plumas de su cuerpo se deslizan unas sobre otras con cada movimiento de sus senos. ¡Si sigue así, saldré volando completamente desnudo, me chocaré contra el techo y moriré de placer!

Oigo el ruido de un carrito de comida rodando por el pasillo.

—¿Puedes levantarte e ir hacia el pasillo? —pregunta mi pajaramujer.

—Si me desconecto el catéter, quizá.

—Puedes desconectarlo.

Cuando lo retiro por mí mismo, asumo el hecho. Sin embargo, ahora que ella toma la iniciativa, me produce vértigo.

Salgo de mi celda en pijama. La ascensión de la escalera de caracol me parece más abrupta que la última vez, los brazos auxiliares son bien recibidos. Al fin me encuentro en el borde del cielo.

Allí está Victor. Lleva un traje de Spiderman, por las mangas le salen algunos tubos de plástico. Sonríe como una luna de dibujos animados y grita: «¡Megatom Cloudman ha vuelto!». Y aquí estoy yo, lleno hasta los topes de pánico escénico.

—Mira, aquí está tu ayudante para el despegue —exclama Endorfina.

El carrito de comida está irreconocible. Hay decenas y decenas de pájaros posados en las ramas de ese árbol con ruedecitas. Trinan igual que una pandilla de amigos del sur de Francia cuando salen del cine.

—Esto te dará algo de impulso —dice Endorfina, señalándolo con el ala—. Ocupen sus puestos, por favor —añade con la mayor seriedad.

Pauline empieza a aplaudir. Hay una metamorfosis cómica en curso dentro de esa enfermera.

Salto encima del antiguo carro de comida; el pánico escénico se desborda y mi cerebro silba. Un miedo alegre. Se desgranan los segundos. El cerebro me golpea contra las sienes. El cuerpo se convierte en un terremoto. Debo evitar a toda costa que las dudas se inmiscuyan, ¡ahora no es el momento! Porque ha llegado la hora de las grandes metamorfosis.

Pauline se dedica a atarme un ramillete de pájaros alrededor de cada brazo. ¡Unos manguitos para nadar por las nubes! Paso de una sensación de invulnerabilidad que haría palidecer a Superman a la del ridículo de estar desahuciado, inconsciente del peligro al que me expongo y vestido muy raro.

Los doscientos cincuenta pardillos sizerín se agitan, el carrito empieza a vibrar, el cielo imanta la punta de mis dedos.

—¡Conduces tú, Tom Cloudman! —me suelta el niño luna, medio eufórico, medio asustado.

Endorfina ocupa su puesto tras el piano de pájaros. Canta una melodía de otra época, parece que convoca al fantasma de Nina Simone para que acuda en mi auxilio. Su voz suena como el más alegre doblar de campanas, pone en movimiento al ejército rojo de pardillos sizerín, yo incluido. Se tensan los hilos entre mi cuerpo y lo alto, ciento veintiséis pares de alas azotan el borde del cielo. Se colocan en filas apretadas y forman dos gigantescas alas vivientes. Doscientas cincuenta melodías entrechocan. Canto con ellos. Endorfina acelera el tiempo. Pauline empuja el carrito. La velocidad aumenta.

—Empieza a batir las alas sin crisparte. Mira hacia delante y conéctate a la intensidad de tus deseos más profundos —grita Endorfina.

El clamor de los cantos de los pájaros se intensifica, la velocidad sigue aumentando. El borde del cielo se acerca, los hilos tiran de mi cuerpo, estoy casi en ingravidez. El niño luna lanza «¡yujus!» de montaña rusa.

—¡Ahora da todo lo que tienes! —suelta la señorita pájaro.

El suelo de plumas desfila a una velocidad espantosa debajo de las ruedas del carrito, Pauline tiene hélices en lugar de caderas.

Me alzo con todas mis fuerzas, silbando a pleno pulmón, con los ojos cerrados.

—Tengo que decirte una última cosa muy importante…

—¡Rápido!

—Estoy embarazada…

Fuegos artificiales en mis venas. ¡Soy el hombre más vivo del mundo! ¡Acabo de nacer! ¡Fénix en pijama! Despego del carro. La pajaramujer y el niño luna sueltan gritos de alegría ligeramente angustiados. El hospital empequeñece. En el tejado, Pauline, Endorfina y Victor se transforman en Playmóbiles, en insectos Playmóbiles, en puntitos negros y luego en nada. Yo sacudo las alas con vigor. Mi cohorte de pájaros guarda silencio, solo se oye el viento que producen mis alas. Me convierto en el ardor de todas mis emociones. Las lágrimas cortocircuitan la risa, la sonrisa tiembla, aguarda el nuevo asalto de las emociones.

Descuerno la cima del abeto celeste del que cuelgan las estrellas. Estas caerán como una lluvia plateada e inventarán miles de reflejos nuevos. ¡Alegría! Entro en el espejo del viento. La noche es inmensa y el silencio huele a cometa. Siento que la embriaguez me pervierte agradablemente. Mientras siga siendo consciente de la evolución de mi estado mantendré el control, sin embargo, tengo un deseo irresistible de perderme. Pilotar, abrir el grifo del trance y ahogarme en él para tomar altura. Luego retroceder al modo control para que dure el placer. Un cumulonimbo algodonoso quiere envolverme. La luz de la luna rebota encima y chispean sus cristales. Lo atravieso con los ojos abiertos. La alegría mezclada con el aire fresco produce lágrimas de excelente calidad. ¡Soy la lluvia, mañana aprenderé a fabricar nieve!

De pronto, una nube negruzca obstruye el horizonte; coloso de humo oscuro. El viento sopla con dos dedos gordos hundidos en la boca del cielo. Los pájaros auxiliares frenan. Me siento como imantado por ese cúmulo bilioso. La nube se hincha, se multiplica, gira y se enrolla alrededor de mis alas. Los bordes se vuelven más densos, los gritos del viento se espesan. Ya no veo. El sollozo musical se intensifica, el rayo salpica su letanía. El viento me amordaza, ya no consigo emitir ni una mínima nota. Unos polvos luminosos aparecen en el centro de lo opaco. Se enrollan como un ovillo de lana eléctrico. Deseo verlos de cerca, seguir escuchando ese canto de hielo que procede del fondo de la nube. ¿Serán fantasmas de pájaros? ¿El nacimiento de los copos de nieve? He dejado de agitar los brazos y me deslizo en la ingravidez.

La voz de Endorfina me saca de mi estupor, los pájaros auxiliares tiran de mí hacia atrás con fuerza. La nube se diluye pero el viento me alborota de nuevo. Distingo a la pajaramujer a través de los últimos estratos nebulosos que me separan de la superficie. Ella está unida a mí a través de los pájaros auxiliares. Los cabos de bruma se destensan al fin. El nido de Endorfina arde igual que un astro rojo bajo nuestros pies. Creo que he perdido una zapatilla entre las nubes.

Acompañé a Tom a su celda y conecté de nuevo el catéter. Él se acurrucó, los espasmos lo sacudían. Esperé a que durmiera profundamente para colocarle un tubo de oxígeno en la nariz.

Tom entra en una nueva fase de la enfermedad: la fase terminal. No obstante, la metamorfosis sigue su curso, todas sus pulsiones lo extirpan de su cuerpo enfermo. Su peligrosa sesión de vuelo ha aumentado su confianza, al hacerlo consciente de la amplitud de sus nuevas posibilidades. Lo razonable se aleja de su sistema de pensamiento.

Victor me ayuda a deshacer el montón de nudos de pájaros en el que Tom se ha enmarañado. Le cuesta aceptar que su Hombre Nube pueda ser tan vulnerable. Eso multiplica sus propias angustias. Yo intento explicarle que el auténtico superhéroe también tiene fallos, pero encuentra soluciones para trascenderlos. Me esfuerzo mucho para tranquilizarlo. Y probablemente para tranquilizarme a mí también.

Tom se ha despertado a primera hora de la tarde. Le siguen creciendo plumas, lo único que no tiene completamente cubierto es el rostro. Lo he sorprendido intentando peinarse el copete que ahora luce en lo alto de la cabeza. Ha salido del cuarto de baño con el pelo extrañamente alborotado.

Los análisis indican un nuevo empeoramiento de su estado de salud humana. Con el paso de los días, se vuelve cada vez más incontrolable, llora y ríe al mismo tiempo, silba como un auténtico pájaro. El pasado, el presente y el futuro parecen condensarse en el mismo segundo. Habla cada vez menos y duerme cada vez más. Hay quienes dirían que se ha vuelto loco. A mí me gusta pensar que vuela a su infancia y va a renacer como Fénix.

Cuando lo secuestro para las sesiones de vuelo nocturno, intenta con todas sus fuerzas escucharme, mostrarse amable, pero su instinto animal lo arrastra. Se acurruca contra mi pecho para dormir y canturrea.

Tom se reduce, resulta flagrante. Su cuerpo empieza a quedarle demasiado grande. Se modifica su gestualidad. Los movimientos del cuello se vuelven entrecortados, los hombros se inclinan hacia delante.

Victor me pregunta a menudo si Tom va a convertirse en pájaro completamente. Y si cuando lo sea le reconocerá… y si podrá «quedarse» con él. Yo suelto unos «sí» minúsculos. Tranquilizar, tranquilizar ahora y siempre.

Sin embargo, yo no estoy tranquila. Desconozco los efectos de una metamorfosis integral. Yo soy una especie de mestiza, por mis venas corre sangre humana. Cuando amanece he de readaptarme fisiológica, psicológica y socialmente a una realidad de mujer. ¿Qué habría sido de mí si mi mutación hubiera sido total? ¿Me pelearía con los zorros y pondría huevos cada dos por tres? ¿Habría conservado la facultad de habla y de pensamiento? ¿Y la memoria?

Si tu corazón aún resiste, Tom Cloudman, ¿qué será de tu memoria dentro de unos días? ¿Qué será de tus recuerdos de mí?

Me pregunto desde cuándo estoy encerrado en esta celda. Tengo la impresión de haber vivido siempre así, suspendido de los labios golosos de una *stripper* cuyo vientre empieza a redondearse.

Convertirme en padre... Deseo de reducir la velocidad para tener tiempo de apreciar; de perder el título del peor especialista del mundo y ganar otros, más íntimos; de ver cómo el vientre de Endorfina se convierte en un globo Montgolfier, y darle calor para que mantenga el rumbo.

El futuro se escurre entre mis dedos emplumados pero yo aprendo nuevas técnicas de combate. La acidez metálica del reloj de arena que se vacía en mí se transforma en palpitaciones de algodón. Aún tengo miedo, sin embargo, el contacto con mis plumas que van alargándose me reconforta. Me gusta pasar el rato sintiendo cómo se deslizan entre el pulgar y el índice. Y también evaluar la extraordinaria dimensión de lo que me ocurre.

La calidad de mis sueños mejora. Cuando siento que el sueño me envuelve, focalizo la atención en lo que me gustaría ver. Respiro lentamente e intento detener la máquina de pensar que nos pega al suelo. En ocasiones, me sale bien. Entonces puedo pasear por los rincones más mágicos de mi cabeza. En mis sueños, los pájaros de Endorfina alzan mi cama por encima del hospital. A bordo de mi globo Montgolfier viviente, miro cómo se disuelve el edificio a través de los nubarrones. En pocos segundos, se convierte en un recuerdo, un recuerdo que también se borra. Las sábanas se funden, los pájaros desaparecen en silencio. Lo que me hizo despegar fue el vientre de Endorfina. Vuelo. Mi pajarilla da a luz en un nido de cúmulos.

«¡Es la hora del aseo personal, señor MacMurphy!» Una voz atronadora de claxon parasita el éxtasis delicioso. Abro los ojos. Floto por encima de la cama. Completamente desnudo, creo. La auxiliar suelta un grito de fan de los Beatles. Me derrumbo encima del colchón. Suena como a ruido de saco. Un portazo, la silueta de Knacki Balls desaparece. Producir espanto resulta divertido y humillante a la vez.

Me dirijo hacia el cuarto de baño, que parece estar cada vez más lejos. A duras penas me incorporo por encima del lavabo que se ha vuelto inmenso. Me angustia la idea de descubrir mi reflejo.

Ya no me reconozco. Nada de piel, solo plumas. Cuanto más me examino, mayor es la sensación de observar el interior de una almohada. De muy cerca. Mis ojos son unos caleidoscopios en los que han hundido litros de plumón.

Intento volver a la cama, el linóleo se me pega a las patas. Llueven preguntas sobre mi cabeza. ¿Qué ocurrirá si salgo de esta? ¿La gente me mirará con esa incomprensión desconfiada que he descubierto en los ojos de algunas enfermeras? ¿Gritará cuando pase como si fuera un pterodáctilo? ¿Me cazará? ¿Tendremos que educar a nuestro hijo en el bosque? ¿Voy a tener que protegerme de los gatos?

Llaman a la puerta. Ahí está la doctora, la acompañan una mujer con saco de patatas azul y un hombre con una mascarilla antimicrobios. No los conozco. Me oculto debajo de las sábanas. Ellos hablan en voz baja. Tiemblo un poco, el roce del plumaje con las sábanas me impide oírlos. De pronto, olvido respirar. La mujer dice que deberían trasladarme a una clínica veterinaria. Endorfina protesta. Mi corazón retumba igual que un ejército de conejos Duracell tocando el tambor. El hombre dice que ya tendrían que haberme expulsado cuando le rompí las tibias a la señora Sérault. La mujer dice que conoce una clínica veterinaria muy buena, que su perro está muy satisfecho con ella. La doctora mantiene que pese a mi apariencia necesito tratamiento de humano. Oigo pasos, alguien se acerca a la cama. No es Endorfina, sus pasos jamás hacen ruido. El hombre tira de las sábanas con un golpe seco y me descubre. No tengo frío pero empiezo a temblar un poco más. Otras enfermeras se concentran en el quicio de la puerta. El hombre dice que no se sabe cómo evolucionará esa enfermedad, que podría contaminar al personal. La mujer asiente con una mueca de anciana que acaba de terminar un sudoku. La doctora afirma que esa enfermedad no es contagiosa. El hombre le contesta que ella no tiene ni idea, que no pueden permitirse correr riesgos. La doctora se acerca y me cubre con la sábana, casi como a un muerto. Todos salen de la habitación.

No consigo activar el modo rabia. Mi cerebro está congelado. Pensar que mi gran sueño de evasión podría terminar en una clínica veterinaria, esperando la inyección suprema entre un gato medio despachurrado y un perro parapléjico… ¡Cuando sea un fantasma, volveré para aparecerme en vuestros sueños! ¡Os plantaré un manojo de ortigas en el culo y os rascaréis hasta la eternidad!

Por más que encadene mis párpados el sueño huye de mí. La puerta de la habitación chirría. Me sobresalto y los pocos músculos que me quedan se crispan igual que una vieja medusa. Alguien intenta entrar. Son varios. No me atrevo a abrir los ojos. Se aproximan a cámara lenta. El linóleo cruje. Hundo las patas en el colchón. Pienso en la clínica veterinaria y en ese nuevo modo de encerrar a los enfermos del que he oído hablar en el telediario. Me concentro con todas mis fuerzas para desplegar las alas que están entumecidas por el sueño. No ocurre nada. Una respiración barre la punta de mis plumas.

«Tom… Tom…», susurra una voz. Abro los ojos y descubro a Endorfina, Victor y Pauline en formación a los pies de mi nido. La pajaramujer me coge en sus brazos y me pide que me calme. Victor intenta acariciarme la espalda. Endorfina me dice que no corro ningún peligro. Que ella me cuidará en la pajarera. Pauline añade «yo también». El contacto con el plumaje de Endorfina me apacigua al fin. Su vientre-planeta me da la sensación de un lugar seguro. Reconozco el sonido de la escalera de incendios y el olor a cielo.

La noche se propaga como un chorro de tinta que un calamar gigante escupiera por diversión desde detrás de la galaxia. Endorfina me instala en lo que ella llama un nido hospital. Ya no es una cama, pero aún tendré que vérmelas con el catéter. Los tres rostros a mi alrededor me producen sensaciones de recién nacido: medio apaciguadoras, medio angustiosas. Pauline me desea buenas noches con la ternura de una abuela que malcría a su nieto, Victor se duerme en sus brazos. Ambos abandonan la pajarera. Endorfina deja caer su cuerpo demasiado grande para mí frente al mío en miniatura. Me dice que pronto podré volar solo, que todo saldrá bien. Sus palabras se espacian y el volumen se atenúa hasta volverse menos sonoro que el de su aliento. La miro dormir. A mis párpados les gustaría cerrarse, pero yo quiero asistir a ese espectáculo hasta el final cueste lo que cueste. Su respiración se acompasa con la resaca de un mar de plumas, sus pestañas vibran como sismógrafos. Un ínfimo espasmo crea una mueca irresistible en la comisura de sus labios. El deseo de besarla es tan fuerte que podría comérmela. Entonces la fotografío. Una larga pausa, para dejar que la luz de la noche impregne su rostro. Fuera, los pájaros orquestan trinos, con el pico colgando de las estrellas. Los oigo sacudirse y el ruido de sus alas me produce un escalofrío de alegría. Pronto amanecerá y nadie vendrá a despertarme.

Un olor a menta fresca me invade. Desconecto el catéter y salgo del nido. Mis pasos parecen resbalar por el suelo sedoso. La bruma filtra las luces sin estropearlas. Los pájaros de Endorfina se bañan en las nubes y regresan dando saltitos a mis pies. Unas mujeres invisibles fuman unos cigarrillos que al consumirse dejan unos puntitos de fuego que se llaman «estrellas». Parece que esas sirenas celestes me hacen señales con los faros. Ellas teledirigen mis pulsiones de despegue. Endorfina dice que aún tengo que esperar, que mis alas no son suficientemente largas, que sin los petirrojos auxiliares podría estrellarme. A lo lejos, una bandada de aves migratorias aparece igual que una barba de tres días en las mejillas de un cúmulo. Ellas no necesitan cables para volar juntas. Su libertad me hipnotiza. El vacío me atrae. Las aves migratorias se acercan e imantan mi plumaje.

Me lanzo al cielo sin protección. Pierdo altitud rápidamente, atravieso las nubes. Ellas me miran pasar, estupefactas. Bajo rodando los pisos del cielo en un estado de bienestar algodonoso. Mis ojos hacen zoom hacia el suelo. El ruido del viento me indica que adquiero velocidad. El aparcamiento del hospital, un sello difuso unos cuantos segundos antes, se convierte en una réplica realista de sí mismo. Un escalofrío me recorre la columna vertebral a toda prisa, la última señal de alarma. Algo en mí se niega a escucharla. El viento sube a los agudos.

Una mano suave y firme me agarra del espinazo. El aparcamiento empequeñece de nuevo. La mano dulce y firme me deposita en el nido.

–Tú… no estás… aún… preparado –dice Endorfina sin aliento.

–Me encanta cuando me salvas.

–A mí también… pero no soy infalible. Pronto llegará el día en el que seas completamente pájaro y vueles con tus propias alas. Pero si te lanzas sin estar preparado, ni el hombre ni el pájaro sobrevivirán. Me gustaría detener el tiempo para que te quedes un poco más así, entre ambos… Me gustaría tanto que siguieras aún un poco más… –dice Endorfina.

Los primeros rayos de sol desfiguran la pajarera. La pajarilla entra en su cabaña ovoide y sale convertida en mujer, emperifollada con su saco de patatas azul.

—Unos minutos más tarde no hubiera podido agarrarte. No puedo volar de día. Tengo tanto vértigo que no cambio de velocidad ni siquiera en bici, así que, por favor, no te acerques al borde del cielo antes de que anochezca... y no te desconectes el catéter. Tienes que ayudarme a ayudarte para que salgamos bien de esta, ¿de acuerdo? —dice Endorfina mientras se sujeta el moño de bailarina.

Me besa y desaparece por la escalera de caracol que la lleva hacia el mundo diurno.

Un eco de conciencia lejana me envía señales de tristeza. Me gustaría ayudarla a ayudarme como ella dice, sin embargo, algo en mí se abandona. El timón de la razón se funde al sol y yo me deslizo. El canto de sirenas invisible resuena, incluso en pleno día. Las percibo de una manera más natural que las voces humanas. Oigo a las aves migratorias antes de verlas, canto con ellas sin siquiera decidirlo. Me llaman. Cada segundo es un nuevo episodio de vida. Los conceptos de tiempo y paciencia están confusos. Estiro las alas sin acercarme demasiado al borde del cielo. A veces paso unos segundos encima del suelo. Me esfuerzo por pensar en otra cosa. Realmente ya no consigo pensar en otra cosa. Fotografío las nubes para calmarme. Una última baliza se ilumina otra vez, una especie de faro ahogado entre la bruma. Ser padre.

El recuerdo del hombre que era se desdibuja como una foto antigua, intento recrearlo para no espantar a Victor. Pauline me lo ha traído esta tarde. El niño me regala su disfraz de Spiderman, acepto ponérmelo en señal de agradecimiento, pero me siento mucho mejor completamente desnudo con mis plumas. Yo a cambio le doy mi viejo traje de especialista. Sus ojos, que echan chispas cuando se lo pone, me iluminan la tarde. Pauline desempeña el papel de Pauline, me habla de cosas cotidianas como si no pasara nada. «Todos sospechan que te ha secuestrado la doctora Cuervo. Una auxiliar vio nuestra pequeña mudanza, pero no dice nada porque se avergüenza por no haberse negado a tu expulsión, me lo ha dicho ella misma. Todo el mundo lo sabe y todo el mundo calla.» Creo que Pauline necesita agarrarse a algo terreno, el borde del cielo le da pavor.

Los días y las noches se desgranan. La Remolacha me recuerda que aún soy un hombre, y me pega al suelo durante horas. De vez en cuando se acerca para arrancarme las plumas. He visto a Endorfina desviar la mirada mientras las recogía una a una. Victor hace como si no se diera cuenta de nada. Cada uno juega a proteger a los demás. Mi pajara-mujer maneja su doble vida y la mía con ternura y determinación. Se cansa cada vez más con un niño dentro y otro sobre sus espaldas. Todas las noches veo a la doctora Cuervo entrar en la cabaña y salir convertida en pajarilla, con la misma desenvoltura que si saliera de la ducha. Es el mejor momento del día. Nos dejamos llevar sin pensar en nada y, en ocasiones, nos arrancamos ligeramente del suelo.

Desde hace unos días, el niño luna es más alto que yo. Si esto sigue así, pronto podré esconderme en el vientre de Endorfina, nido prodigioso. Me cuesta articular, la sola idea de pronunciar una palabra me fatiga.

Ya no consigo mantenerme en pie ni escribir. Mis dedos han dejado de ser auténticos dedos. No soporto el contacto con el tejido. Me alzan como a un muñecote para darme un beso, una parte de mi cerebro no consigue habituarse. Una pregunta me taladra la mente, me asusta tanto la respuesta que he retrasado hasta ahora el momento de plantearla: ¿también estará empequeñeciendo mi mente?

La pajarilla coge mi cuerpo en miniatura y apoya mi cabeza en su vientre redondeado. Yo percibo los ruidos de los fondos submarinos, y algunos movimientos. «Me… me pregunto si no da… darás a luz a una sirena…» Me doy cuenta de que la longitud que separa mis patas de mi cabeza no excede la anchura de su abdomen.

«Me pregunto si no darás a luz a una sirena» fueron las últimas palabras que pronunció Tom Cloudman. Esa mañana se despertó silbando. Su canto llevaba impresa una nostalgia que no mentía. Sabe que ya no puede hablar. Los silbidos reemplazan la palabra que ha perdido definitivamente. Ahora soy la única que lo entiende.

Me clavaré una inyección de veneno mortal en el brazo. Me bastará con coger una ampolla en el sótano del hospital. La mujer que hay en mí desaparecerá y dejará el campo libre a la pajarilla. La metamorfosis será rápida e irrevocable. Me clavaré la aguja justo antes del crepúsculo, acurrucada junto al cuerpecito emplumado de Tom Cloudman. Dejaré que el veneno bienhechor se irrigue por mi cuerpo durante toda la noche. Con los primeros rayos de sol, sobrevolaremos las nubes juntos.

Mientras me dejo llevar por esa idea reconfortante, me miro las manos que, inconscientemente, han ido a posarse sobre el abdomen. La metamorfosis de Tom me empuja hacia los parajes celestes, sin embargo, mi vientre redondeándose hace contrapeso. Siempre he tenido que caminar sobre el filo de la navaja que separa el día de la noche, el cielo de la tierra. Ir y volver de manera equilibrada, un movimiento perpetuo que me impone mi naturaleza híbrida. Al final de mi crisálida, estuve a punto de sacrificar mi humanidad en el altar del instinto puro. Mis pulsiones me arrastraban hacia un tumulto embriagador. Cuando crecí, aprendí a comprenderlas mejor. Hasta ahora eso me ha permitido acercarme a una cierta forma de armonía. Sin embargo, los últimos acontecimientos han puesto todo en duda.

Con frecuencia subo a Victor a la pajarera. Él se pasa las horas con Tom en el hombro, parece un joven pirata que susurra algún precioso secreto al oído de su loro cómplice. En cuanto Tom emite el mínimo gorjeo, él asiente con seriedad o se echa a reír. Hace como si lo comprendiera. Yo no me atrevo a entrometerme. Ese niño al que la enfermedad hizo adulto demasiado pronto se ha reencontrado con sus sueños. Ahí triunfó el señor Cloudman.

Tom empequeñece en mis brazos y Tom junior crece en mi vientre. Como si el padre dejara sitio al hijo que llega. La suma de las metamorfosis se hace más pesada día a día. Me vuelvo un estorbo hasta para mí misma.

Esta noche, el niño luna dormita en mis brazos y Tom en los suyos. Victor ha intentado poner a Tom un traje de marioneta que había encontrado entre los juguetes del hospital, pero Tom ha empezado a revolotear nerviosamente lanzando silbidos agudos. Entonces, el niño luna, pese a que tenía los ojos empañados, lo ha hecho volar como una maqueta de avión. La oscuridad cruje igual que el vientre de una ballena en plena digestión. Tengo que acompañar a Victor a su habitación antes de que crean que lo he secuestrado a él también. Meto a Tom en el escote, aún está caliente. Su corazón late tan deprisa que parece vibrar. En cambio, su respiración es muy espaciada.

Dejo a Victor en la cama.

—¿En qué va a convertirse? —me pregunta muy bajito.

—En un pájaro.

—¿Y cómo? —dice Victor, frunciendo el ceño.

—El ser humano que conociste está desapareciendo. Cuando lo haga completamente solo será un simple pájaro.

—¿Podrá pensar y reconocernos?

—Igual que puede reconocernos cualquier pájaro, pero gracias a eso Tom se salvará.

—Y una vez que esté a salvo, ¿podrá volver?

—Sí, aunque no como tú lo conoces. Tom se habrá deshecho de esa Remolacha que le devora el corazón y el cerebro y será diferente para siempre.

—¿Puedo cogerlo un poco antes de dormirme?

—Por supuesto.

Victor coge a Tom entre las palmas de sus dos manos y lo posa sobre sus rodillas. Le acaricia el plumaje con la punta de los dedos, le silba unas cuantas notas. Luego empieza a cantar la única canción que sabe:

Spiderman, Spiderman
Does whatever a spider can:
Spins a web, any size,

> *Catches thieves just like flies.*
> *Look out:*
> *Here comes the Spiderman...*

Su canto, aunque tembloroso, resulta alegre.

De pronto, los fluorescentes de las seis de la mañana iluminan los pasillos. Mis plumas empiezan a retraerse. ¡Si me transformo aquí, me quedaré desnuda en la habitación de un paciente! Victor me tiende el cuerpo dormido de Tom, lo deslizo en el escote antes de emprender la huida. El linóleo se transforma en una pista de patinaje bajo mis pies. Las enfermeras de día se incorporan al servicio. Tengo que recorrer unos veinte metros antes de llegar a la puerta que da a la escalera de incendios. Si voy muy deprisa, corro el peligro de caerme, y si no acelero, el de algún encontronazo. Tom se bambolea entre mis senos y empieza a piar. Solo diez metros. Ese crujir de plumas que tan bien conozco hace eslalon en mi columna vertebral y comienza el enorme tembleque de rodillas. Desde que estoy embarazada, cada vez me resulta más difícil de soportar.

—¡Eh! Usted, qué está haciendo… ¿Quién es usted? —grita una voz a mi espalda.

Continúo la carrera, mi cerebro ordena a mi cuerpo salir volando, pero ya no es capaz. Me da miedo caerme encima de la tripa.

—¡Eh! ¿Adónde va así? —grita la voz.

Alcanzo la salida de incendios y subo la escalera de caracol lanzada.

Una vez en mi nido, necesito unos segundos para recuperar el aliento y el ánimo. Pego la oreja a la trampilla que separa el borde del cielo del hospital después de haberle echado el cerrojo. Termina la metamorfosis, me siento igual que si saliera de un baño de agua fría sin toalla. El viento fresco de la mañana acaba de petrificarme. No estoy ni en el buen momento ni en el buen lugar. Unos pasos resuenan en los peldaños metálicos. Si la enfermera que me ha visto en el pasillo sube hasta aquí, ¡estamos perdidos! Tom se desentumece las patas en el suelo de plumas, su boca en miniatura deja escapar un breve bostezo. El ruido de los pasos se aleja, mi perseguidora ha debido de pensar que he intentado escapar por abajo.

Y aquí estoy desnuda delante de un casi pájaro que aún parece desearme. Una sensación incongruente, aunque me reconforta de algún modo. Me pongo la bata de trabajo mientras miro a Tom. La circunferencia de su cabeza no es mayor que la de una pelota de ping-pong, sin embargo, sus rasgos humanos no han desaparecido completamente. La llama del fondo de sus pupilas permanece intacta. Su cuerpo ahora es el de un pájaro. Un cardenal de copete rojizo.

Tengo que incorporarme a mi turno de trabajo, pero me da miedo que Tom eche a volar de aquí a que regrese. Me tienta guardármelo de nuevo en el pecho. Si se pusiera a trinar dentro del escote, podría fingir que silbo en *playback*. Pero si echara a volar delante de todo el mundo y yo no consiguiera atraparlo, correría el peligro de asustarse y chocar contra esas malditas ventanas que no pueden abrirse.

Me arrodillo y le ofrezco los diez dedos a modo de corola. Él sube torpemente. Tom Cloudman silba alegre en el silencio del amanecer. Me esfuerzo por hacerle la réplica como si no pasara nada. Me responde con un trino fuerte. Me dirijo hacia el borde del cielo. A cada paso que doy, los latidos de mi corazón se aceleran, los suyos vibran. Creo que está temblando. Creo que yo también. El silencio aplasta la pajarera, incluso el viento ha cesado. Canto en voz baja con los pies anclados al suelo. Abro las manos hasta formar una superficie casi plana. Tenso los músculos de los antebrazos, me concentro para no temblar demasiado. Los pulgares no pueden contenerse y se levantan para acariciarlo. Sus patas me hacen cosquillas cuando pasea por mis manos. Sigo cantando. Él da saltitos en mi mano derecha, se estabiliza frente a mí. Su rostro minúsculo aún se le parece mucho, ¡sus ojos brillan como los del Tom Cloudman de la mejor época! Una idea descabellada me pasa por la cabeza: fotografiarlo. Es mi manera de capturarlo sin impedir que eche a volar. Una película de recuerdos se proyecta debajo de mis párpados. Alguien ha debido de enchufarme un proyector en la cabeza. Quizá yo. Lo imagino con el disfraz de indio corriendo por el tejado del colegio, luego lanzándose por los aires y estrellándose contra una higuera; o jugando a fútbol en patines, su escena de riesgo favorita, que siempre acababa con fuegos artificiales de brazos y piernas; o recorriendo los pasillos del hospital, con el catéter desconectado y el par de alas mal cortadas sujetas con esparadrapos.

Sus ojos me miran intensamente. Tom sigue dándose la vuelta en las palmas de mis manos a cámara lenta. Se ha situado frente a la línea del horizonte. Intento no dejar de cantar. Una sensación de cosquilleo, se agitan sus patas, una caricia de plumas. De pronto el viento pasa entre mis dedos. Tom se ha ido…

Mis falanges se estiran y se encogen. Se ha marchado. Bate las alas vigorosamente, sin darse la vuelta. Señoras y señores, Tom Cloudman está a punto de terminar triunfante su última escena de riesgo sin red. Me siento orgullosa de él. Me agarro a esa idea, pero se me escapa. Tom coge altura girando por encima del hospital. La metamorfosis se ha completado. Ya no me necesita. Allá adonde va, la Remolacha nunca podrá atraparlo. Nadie podrá… Sigo cantando un poco más, nunca se sabe.

Algún día, dentro de mucho tiempo, Tom Cloudman plantará su cuerpo en una nube. Una noche de invierno, regresará en forma de copo de nieve que no se funde. Y yo estaré allí. Seré la única que lo reconozca.

Victor y yo fuimos a comprar discos de Johnny Cash. Luego, a la tienda de artículos de broma. Acabamos con las existencias de globos y bombonas de helio. La vendedora –una anciana– me preguntó si celebrábamos el cumpleaños de unos sixtillizos, yo le respondí la verdad y ella se echó a reír como una loca, lo que, por otra parte, parecía. Nuestro extraño peregrinaje concluyó con una visita a una tienda de artículos deportivos para comprar una lancha neumática redonda, amarilla y azul, de marca Sevylor.

Ya en el borde del cielo, tapizamos tu esquife de plumas. Hay momentos en los que la excitación de los preparativos anestesia la melancolía. Encargué la publicación de una esquela que anunciase tu entierro en el periódico y especifiqué que tú deseabas que fuera de disfraces: «Tema: pájaros y otros animales de pelo». Faltaba encontrar un cura que aceptase animales humanos en su iglesia. Lo que no ha sido moco de pavo. Normalmente, la primera mueca aparecía cuando mencionaba a Johnny Cash. Insistía mucho en el «Cash», porque si te encontraras con Johnny a secas en tu entierro humano, me odiarías para toda la eternidad.

Ya sé que a ti eso de la iglesia te trae un poco al fresco, pero como la inenarrable Pauline grita a los cuatro vientos: «¡Si no, no hay fiesta!». Y quiero mantener ciertas formas para los allegados que no lo son tanto como para entender tu proceso, pero sí lo suficiente como para sentirse molestos.

Al final, un cura muy anciano con un sentido del humor particular me dio la absolución animalaria. Ese señor vive solo en una iglesia-cabaña llena de figuritas religiosas tan kitsch que cualquiera diría que las compra en el rastro. Me hizo una interpretación de «Great Balls of Fire» de Jerry Lee Lewis en tono menor; «más acorde con el ambiente de un entierro», me explicó con los ojos entrecerrados. Si no hubiera sido cura, casi pensaría que me echa un poco los tejos.

El sol brilla, sus rayos chocan con el reloj de la iglesia que hace las funciones de despertador descuajeringado. La campana suena indolentemente, como si estuviera fundiéndose. Yo estoy en el atrio y reparto disfraces de animales a los que no tuvieron tiempo de conseguir uno. Admiradores que se enteraron por la esquela de ayer, imagino. La gente desfila con cara de entierro y los disfraces mal colocados.

Con toda seguridad, tú querrías lijar el barniz de melancolía de los entierros, porque asististe a alguno y te resultaron insoportables. Me habría gustado saber quiénes eran esas personas... Todas las cosas que no tuviste tiempo de contarme... Siempre viviré frustrada por la falta de elasticidad del tiempo.

Victor decidió vestirse de «ser humano». No se separa del traje de especialista que le regalaste. Pauline se ha atrevido con un disfraz de cigüeña. Una bonita iniciativa, si no fuera porque más bien parece un ganso doméstico. La auxiliar que te cuidó lleva un disfraz de tigre demasiado grande, que más bien parece uno de esos perros de precio desorbitado completamente ajado. Los ogros que te daban las plumas se decidieron por un disfraz de oso polar muy bien logrado. Incluso ha venido la anciana a la que rompiste las tibias después de nuestra loca noche de despegue, ya sin escayolas. Lleva un traje de abeja con alas de tul. Con su delgadez temblorosa parece que liba una flor invisible. Una enfermera magníficamente vestida de Catwoman empuja una silla de ruedas, no me hace ninguna gracia que os crucéis las miradas.

Después de una carrera de caricias, me susurraste: «¡Si en la época de la prehistoria yo hubiera conocido tu trasero, me habría inspirado tanto que habría inventado la rueda!». Hoy me asusta que me veas como un gran pavo con este globo que crece dentro de mi abdomen, sobre todo al lado de semejantes bellezas: una muñequita disfrazada de conejo con tacones de aguja por aquí, una gatita disfrazada de ratón por allí, aunque también hay hombres cocodrilo, perros con orejas que arrastran por el suelo y pájaros mal peinados embutidos en unos trajes demasiado pequeños, toda el arca de Noé está presente. Los transeúntes intrigados se detienen en la entrada y me preguntan si hay actores famosos en nuestra película. Yo les respondo que no.

Empieza la ceremonia. Los hombres y las mujeres se levantan, y los que llevan máscara se descubren. La llegada de tu extraño ataúd provoca un estremecimiento colectivo. El silencio se vuelve más pesado, la iglesia se congela, los pasos de los enterradores provocan temblores en los tímpanos. Ya nadie se atreve a respirar, nadie piensa en respirar.

El cura hace su entrada en escena. El traje de ardilla le queda como un guante. Empieza interpretando «Hurt» de Johnny Cash. Las mujeres salmodian la letra.

El cura vive la canción como un predicador del lejano Oeste en trance. Una conejita se levanta y grita «Yes!», luego se sienta y se disculpa con la mano. El sacerdote continúa, recuerda lo que él llama tu escena de riesgo suprema. Llueve dentro de mi cabeza, pero aún hay claros. Me siento lava sobre hielo, copo sobre fuego. El deseo de rebobinar el tiempo para vivir de nuevo lo que acabamos de vivir tantas veces como fuera necesario para salvarte y conservarte me vuelve loca. Sin embargo, la ceremonia que tú deseabas se está celebrando, y aún no ha acabado.

El grupo de fieras abandona la iglesia. La siguiente etapa: la pajarera. Acuden los invitados, cualquiera diría que se celebra el cumpleaños de un animal. Todo el mundo se sienta en el suelo. Yo canto «Ain't No Grave» de Johnny Cash acompañándome con el piano de pájaros. La canción suena como el vapor de un viejo tren. Última salida hacia el cielo en cinco minutos, cinco minutos...

Victor llena tu ataúd neumático de libros, fotos de sueños y de fantasmas, sus juguetes, y me pregunta si creo que volverás. Yo ahogo un sollozo.

Última salida en cuatro minutos...

¿Hiciste estallar tu alma en pedazos y la repartiste por los globos de helio y a mí me corresponde ocuparme de todo esto?

Última salida en tres minutos...

Pienso que una parte de ti sigue viva, no puede soñarse una muerte mejor.

Última salida en dos minutos...

Inflo los globos de helio con solemnidad. Los animales se apretujan unos contra otros.

Última salida en un minuto...

Doy palmas con las manos y pido a los asistentes que se unan a mí para llamar la atención de los pájaros auxiliares. Una salva de aplausos y poco después una coral de trinos invade la pajarera y los cabos de los globos del ataúd neumático se tensan. Pauline se adelanta hasta el borde del cielo y me abraza con sus brazos mullidos. El roce de la tela provoca una descarga de electricidad estática.

Salida...

Levanto ligeramente tu última morada para que despegue de la tierra y el cielo la reconozca al fin. Los asistentes guardan silencio y el viento hace su trabajo. Yo contengo la respiración. De una manera imperceptible, tú abandonas mis brazos. También perceptiblemente. Y esta será la última vez. Me tienta la idea de agarrarme a la carlinga inflable para encontrarme contigo, pero corro el peligro de caer desde arriba, sobre todo en pleno día. Victor mira cómo despegas a través del calidoscopio que le regalaste.

Echas a volar definitivamente, te nos escurres entre los dedos. Te marchas para encontrarte contigo mismo. Todo el mundo te mira escalar el cielo con los ojos entrecerrados, unos lloran, otros aplauden. Pauline se hace una visera con la palma de la mano.

Ahora flotas a un centenar de metros por encima del embarcadero. Ya no se oyen los pájaros, ya no se oye nada, casi ni se te ve. Estás a punto de desencadenar la mayor epidemia de tortícolis de todos los tiempos. La ligera brisa que te empuja me acaricia la piel. Tu sombra también se deshilacha. Tendría que haber comprado una lancha neumática más grande, habría durado más tiempo. Estaría tumbada junto a ti, aún un instante.

El cielo te absorbe y te empapa. Solo eres un punto, ya no consigo verte con los ojos que se me salen de las órbitas. ¡Quien sea! ¡Deja algo, un rastro!
El viento está imantado y mis instintos nocturnos brotan aunque sea pleno día. Siento que me envuelven como en las metamorfosis. Seguirte.
Ahora solo eres un puntito que gira a cámara lenta. Me acerco aún más al cielo, mis tormentas interiores me empujan a unirme a ti. Me agarro al cielo con las uñas, el balón de fútbol debajo de mi piel me arrastra hacia delante. Se me resbala el pie izquierdo, el vacío me aspira. Cierro los ojos para verte mejor.

Una mano de peluche me agarra con fuerza el brazo izquierdo: Pauline me ha devuelto al lado de la vida.

EPÍLOGO

Un año después.

Soy la más feliz de las madres dentro de la categoría de viudas desconsoladas. El balón de fútbol se convirtió en pelota de baloncesto y luego en bebé. Me gustaría que vieras trepar sus dedos en miniatura por mi vientre e iluminarse sus grandes ojos como dos planetas misteriosos. Aún no tiene cejas, ¡pero ya frunce el ceño igual que tú! También quiero a este pequeño ser por lo que él es y por lo que será, al margen de tu recuerdo. A menudo la alegría entra en cortocircuito con la melancolía. En ocasiones, duele tanto que tengo que apartarme un poco de ti, pero aprendo a encontrar la distancia apropiada para sentir aún el calor.

Hoy es el primer aniversario del día que echaste a volar. He abierto una botella de «Tom Cloudman» reserva para la ocasión. De aquí a nueve meses, quizá tengamos otro aniversario que celebrar.

Victor hace de hermano mayor. Creo que ya le ha contado varios episodios de Spiderman. De vez en cuando, pone unos granos en el saliente de la ventana. Yo los recojo mientras duerme para que piense que tú te los has comido.

AGRADECIMIENTOS

A la primavera de las Olivias en flor –de Dieuleveult y Ruiz–, comadronas lo bastante locas como para haberme ayudado a dar a luz este libro.

Este libro
se terminó de imprimir
en Arcángel Maggio Europa S. L.